KB020590

DREAMBOOKS★

DREAMBOOKS★

DREAMBOOKS★

마왕

ORIENTAL FANTASY STORY & ADVENTURE

요도 김남재 신무협 장편소설

마왕 16

초판 1쇄 인쇄 2018년 2월 23일
초판 1쇄 발행 2018년 3월 5일

지은이 요도 김남재
발행인 오영배
기획 박성인
책임편집 이대용
표지 · 본문 디자인 권지연
일러스트 나래
제작 조하늬

펴낸 곳 (주)삼양출판사 · 드림북스
주소 서울시 강북구 도봉로 173
대표 전화 02-980-2112 **팩스** 02-983-0660
편집부 전화 02-980-2116 **팩스** 02-983-8201
블로그 blog.naver.com/dreambookss
출판등록 1999년 3월 11일 제9-00046호

ISBN 979-11-283-9284-9 (04810) / 979-11-313-0507-2 (세트)

+ 이 도서의 국립중앙도서관 출판시도서목록(CIP)은 서지정보유통지원시스템홈페이지(http://seoji.nl.go.kr)와 국가자료공동목록시스템(http://www.nl.go.kr/kolisnet)에서 이용하실 수 있습니다. (CIP제어번호: 2018005927)

마왕

16

요도 김남재 신무협 장편소설

ORIENTAL FANTASY STORY & ADVENTURE

dream books
드림북스

목차

1장. 생환

— 기다렸다

묘지기 노인은 환야에게 자신이 알고 있는 걸 술술 불 수 밖에 없었다.

그의 손에 들린 날카로운 비수가 공포심을 불러일으켰고, 관아에서 나온 것이 아니라 찾는 사람이 있다는 환야의 말에 설득당한 탓도 컸다.

환야의 예상대로 이 늙은 묘지기는 시체를 처리해 주는 대가로 일정량의 돈을 상납받는 자였다.

그 사실까지 확인하자 환야는 그 날 일에 대해 물었다.

달치와 관련해서 이것저것 물었지만 묘지기는 고개를 저었다.

“제가 그 날 일은 똑똑히 기억합니다. 갑자기 시신들이 마구 밀려들어 와서 얼마나 정신이 없었는데요. 그렇지만 그중에 공자께서 말씀하신 것 같은 자는 분명히 없었습니다.”

“……확실합니까?”

“그럼요. 그 정도로 거구라면 기억 못 할 리가 없지요.”

말을 하는 노인을 바라보며 환야는 작게 한숨을 내쉬었다.

마음이 복잡했다.

달치의 시신이 정말로 발견되지 않은 것이라면 대체 어떻게 된 것일까?

더 멀리까지 떠내려간 건 아닌지, 아니면 사람의 손길이 닿지 않는 어딘가에서 동물의 먹이가 된 건 아닌지 하는 안타까운 생각들이 머리를 스친다.

차라리 이곳으로 흘러들어 왔다면, 그러면 편히 가라고 유골 한 줌이라도 구해 무덤을 만들어 주고 싶었거늘 달치의 흔적은 어디에도 없었다.

“하아.”

내뱉는 환야의 한숨에 묘지기는 움찔했다.

괜한 불똥이 자신에게 튀지는 않을까 여러모로 염려하는 눈치가 다분했다.

그렇지만 환야는 그저 몸을 돌렸을 뿐 더는 묘지기와 이야기를 나누지 않았다.

환야는 묘지기의 거처를 나와 그저 걸었다.

생각이 점점 많아진다.

'……이제 어디를 찾아봐야 하나.'

인근의 물길이란 물길은 전부 뒤져 봤다 해도 과언이 아니다.

마을에 이어 심지어 묘지기까지 찾아가 당시의 사건을 캐 봤다.

그렇지만 아쉽게도 그 어디에서도 보이지 않는 달치의 흔적.

"망할 자식, 죽어서도 속 썩이긴."

스스로 입 밖으로 내뱉고도 마음이 아팠는지 환야는 괜스레 하늘을 올려다봤다. 핑 돈 눈물이 눈시울을 적셨고, 더는 안 되겠는지 고개를 푹 숙인 채 소매로 눈가를 닦아냈다.

'미안해. 널 못 찾겠다, 달치야.'

아파 오는 마음만큼이나 느려지는 발걸음.

그렇지만 환야에게는 그리 긴 시간이 있지 않았다. 사실 처음 이곳에 달치의 시신을 찾으러 왔을 때는 열흘이 넘게 있을 생각은 없었다.

며칠 사이에 빠르게 일을 마무리 짓고 혁련휘에게 돌아가야 한다 생각해서다.

그렇지만 하루만 더, 하루만 더 하던 것이 이렇게 열흘이 넘는 기간이 되어 버렸고, 이제 더는 이곳에서 시간을 낭비할 수 없었다.

혁련휘를 도와 해야 할 게 많았으니까.

그렇게 멍하니 걷던 환야의 발길이 향한 곳은 무덤가가 있었던 곳에서 어느 정도 거리가 떨어진 장소에 위치한 자그마한 마을이었다.

마을은 그리 크지 않았지만 다행히도 식사와 잠자리를 해결할 만한 객잔이 하나 존재했다.

물론 객잔이라고 말하기 민망할 정도로 소규모였지만 말이다.

객잔 주인으로 보이는 사내가 안으로 들어선 환야를 맞았다.

환야는 빈자리에 가서 턱 앉은 채로 짧게 말했다.

"술 독한 걸로 좀 가져다주시고 안주는 대충 부탁합니다."

어차피 입맛도 없었고, 이곳에 들른 것 자체가 술 생각이 나서다.

환야의 주문에 사내는 곧바로 주방으로 사라졌고, 이내

그의 앞에는 간단한 안줏거리와 독한 화주 한 병이 올라왔다.

환야는 말없이 화주를 자신의 잔에 채웠다.

쪼르르르.

떨어져 내리는 투명한 화주를 바라보던 환야는 이내 그것을 들어 목구멍으로 넘겼다. 식도를 통해 타는 듯한 감각이 흘러내렸다.

환야는 연거푸 그 독한 화주를 몇 잔이고 들이켜고는 이내 의자에 기대어 앉았다.

순식간에 화주를 네 병이나 비웠지만 정신은 아직 또렷했다.

'망할, 취하질 않네.'

얼굴을 비롯해 전신에서 열기가 후끈후끈하게 올라왔지만 이상할 정도로 정신만은 너무나 멀쩡했다.

취하고 싶어서 마시는 술에 취하질 않으니 오히려 고역이었다.

그때 객잔 문이 열리며 두 명의 사내가 안으로 걸어 들어왔다. 그리고 그 둘과는 일면식이 있었는지 객잔 주인이 그들에게로 다가갔다.

"어이쿠, 갔던 일들을 잘됐는가?"

"에이, 말짱 도루묵일세. 상태가 워낙 좋으니 이런 자그마한 마을 인근에서는 어디 팔 데가 없다니까. 아무래도 날 잡아서 큰 마을로 좀 다녀와야겠어."

"그 정도인가?"

"나도 가격을 듣고 깜짝 놀랐다니까. 활로 잡은 것도 아니라 상처도 하나 없어서 호피 가격이 장난이 아니더란 말이야. 거기다 크기도 집채만 하니 괜찮은 구매자만 찾으면 거의 부르는 게 값인 수준일세그려."

사내들과 대화를 나누던 객잔 주인은 눈을 동그랗게 뜬 채로 고개를 끄덕였다.

이 마을은 예로부터 가까운 인근 산에서부터 맹수들의 잦은 괴롭힘을 받아 왔다.

호랑이를 비롯한 검은 곰 등이 마을 인근을 자주 어슬렁거렸고, 수도 없이 많은 인명 피해도 겪어 왔다.

더군다나 그 산에 사는 가장 커다란 호랑이 하나가 오랫동안 마을 사람들을 벌벌 떨게 하였는데, 얼마 전에 그 호랑이를 잡게 되어 호피를 팔아 마을 사람들끼리 나눠 가지기로 했던 것이다.

배가 고프면 마을을 습격해 사람도 잡아먹던 위험한 호랑이가 사라진 덕분에 최근 들어 마을에는 활기가 도는 상태였다.

호피 이야기를 나누던 중 객잔 주인이 궁금하다는 듯 물었다.

"그런데 대체 그 사람은 어떻게 그런 사나운 놈을 활도 안 쓰고 잡았대? 최소한 뭐라도 찌르든 쏘든 해야 그런 놈을 잡을 것 아닌가."

"글쎄. 호랑이 상태를 확인하던 사람의 말로는 전혀 무기를 쓴 흔적이 없다던데…… 두개골이 으깨진 게 마치 쇠망치 같이 뭔가 단단한 걸로 내려친 거 같다고는 하는데 함몰된 모양이 꼭 주먹으로 맞은 것 같다고 하더라고."

주먹으로 맞은 것 같다는 말이 들리는 순간 술을 마시고 있던 환야가 처음으로 움찔했다.

주변의 이야기들에는 전혀 아랑곳하지 않았던 환야는 멍한 눈으로 그들 쪽을 바라보고 있었다. 술잔을 입에 댔다는 사실도 잊은 채로 환야는 가만히 이어지는 그들의 이야기를 듣고만 있었다.

주먹으로 맞은 것 같다는 말에 객잔 주인이 웃음을 터트렸다.

"푸하하! 그게 말이나 되는가? 그 호랑이가 어떤 놈인데 그걸 주먹으로 잡아."

"내 말이. 그런데 그 사람 말로는 이게 여러 번도 아닌 단 일격에 보냈다는 거야. 이렇게 정수리로 한 방!"

주먹으로 내리치는 시늉을 해 보였던 그가 이게 말이나

되느냐는 듯이 어깨를 으쓱해 보였다.

그런 그의 모습에 객잔 주인이 웃음을 터트린 채로 말을 받았다.

"거 동굴에 사는 사람이 아무리 덩치가 좋고 힘이 세다고 해도 호랑이를 일격에? 에이, 에이."

말도 안 된다고 고개를 절레절레 젓고 있는 그때였다.

쨍그랑.

갑작스레 들린 깨어지는 소리에 이야기를 나누던 세 사람의 시선이 옆으로 향했고, 그곳에서는 자신의 손에 들린 잔을 떨어트렸다는 사실조차 인지하지 못하고 있는 환야가 있었다.

자신들을 향한 환야의 이상한 시선을 느껴서인지 세 사람은 어색하니 서로의 얼굴을 확인했다.

그때 환야가 입을 열었다.

"……어딥니까?"

"예? 가, 갑자기 그게 무슨 말씀이십니까?"

객잔 주인이 더듬거리며 말을 받을 때였다.

자리를 박차고 일어난 환야가 버럭 소리를 내질렀다.

"그놈 어디에 있냐고!"

환야는 달리고 있었다.

숨을 쉬는 것조차 잊은 채로 환야는 연신 바삐 발을 놀렸다. 지금 환야는 객잔에서 전해 들은 그 정체불명의 인물이 지내고 있다는 동굴을 향해서 무작정 달렸다.

확신은 없었다.

덩치가 크고 호랑이를 단번에 때려잡았다는 것만으로 달치일 거라는 보장은 없었으니까. 무인들 중에서도 그런 이들은 꽤나 많았다.

그런데 왜일까?

냉철했던 평소의 환야와 달리 지금의 그는 앞뒤 가리지 않고 그저 그 말 하나만 듣고 달리고 있었다. 심장은 진정하지 못하고 연신 뛰어 댔다.

'설마…… 설마!'

단번에 그들이 말했던 산에 들어선 환야는 이내 동굴을 찾기 시작했다.

환야는 수풀 사이를 마구 양손으로 헤집어 길을 만들며 걸었다.

그들에게 전해 들었던 동굴의 입구를 찾기 위해 미친 듯이 주변을 두리번거리던 환야의 눈에 시원한 물줄기들이 모습을 드러냈다.

그러자 환야의 시선은 물줄기를 타고 한쪽에 위치한 커다란 구멍으로 향했다.

그들에게 들었던 바로 그 동굴이었다.

환야는 젖는 것도 아랑곳하지 않고 물속으로 뛰어들었다.

풍덩.

허리까지 오는 물속을 빠르게 걸어가며 환야는 금방 물줄기 너머로 올라섰다. 그러고는 순식간에 동굴의 입구까지 다가간 환야.

"후우."

환야는 길게 숨을 내쉬었다.

만약 달치가 아니라면?

아마 기대했던 만큼 더욱 큰 슬픔이 밀려올 것이다. 알지만 그럼에도 불구하고 환야는 이상하리만치 떨려 오는 마음을 진정시킬 수가 없었다.

정말 이 안에 있는 게 달치라면…… 그가 살아 있는 거라면 얼마나 행복할까?

가능성이 없다고 생각하면서도 환야는 결국 온몸의 힘을 쥐어짜듯 입을 열었다.

"이…… 바보 멍청이 새끼야!"

환야가 내지른 고함은 평소 달치가 싫어하는 말이었다.

바보, 멍청이라는 말에는 질색을 하던 달치. 그랬기에 오히려 그를 더욱 생각나게 했던 단어들이기도 했다.

한 번으로는 부족했는지 환야가 악을 쓰듯 다시금 동굴의 안쪽으로 소리를 질러 댔다.

"바보 멍청아, 안 들리냐!"

이어지는 고함 소리.

환야의 고함은 동굴 안으로 들어가 이내 그 안에서 메아리처럼 울려 댔다.

바보 멍청이라는 말을 내지른 그가 동굴 안을 뚫어져라 응시했다.

평소의 그라면 당장에라도 뛰쳐나왔으리라.

그렇지만 조용하기만 한 동굴의 안쪽을 바라보며 환야의 떨리던 얼굴이 점점 일그러져만 갔다.

기적을 바랐다.

그렇지만…… 역시 불가능했던 것일까?

환야가 양손으로 자신의 얼굴을 감싸 안았다.

"하아."

깊은 한숨과 동시에 밀려드는 슬픔.

그런데.

바로 그 순간 어둠 속에서 하나의 목소리가 흘러나왔다.

"나 그 말 싫어한다. 바보라고 한 사람 오늘 나한테……."

익숙한 목소리를 듣는 순간 얼굴을 감싸 안은 채로 고개를 숙이고 있던 환야가 놀란 듯 고개를 치켜들었다.

그리고 말과 함께 동굴에서 뛰쳐나오던 거구의 사내도 덩달아 멈칫했다.

환야가 믿을 수 없다는 듯 중얼거렸다.

"……달치야."

"어어? 환야다. 환야 여기 왔다."

환야를 보며 좋다는 듯 양손을 번쩍 들어 올린 사내.

그는 모두가 죽었을 거라 생각하고 있었던 달치였다. 그리고 그의 시신이라도 찾고자 이 인근을 뒤져 대던 환야조차도 살아 있는 달치를 보는 순간 이게 꿈인지 생시인지 판단하기 힘들 정도로 모든 것이 환상처럼 느껴졌다.

그렇지만 이내 볼을 타고 떨어져 내리기 시작한 뜨거운 눈물.

투두둑.

그 눈물이 환야를 현실로 돌아오게 만들어 줬다.

환야는 손바닥으로 눈물을 닦아 내더니 이내 달치에게 달려들었다.

그러고는 주먹으로 그의 어깨를 연신 때리면서 소리쳤다.

"못 찾아서 죽은 줄 알았잖아!"

몇 번이고 때려 대는 환야의 주먹질에도 달치는 언제나

처럼 순박한 미소를 짓고 있었다. 그가 이내 환야의 주먹을 막아 내며 말했다.

"달치 아프다. 환야 주먹 약하지만, 그래도 많이 맞으면 아프다."

"젠장, 그 싸가지 없는 말투까지 반갑네."

말을 하면서도 다시금 왈칵 눈물이 쏟아져 나왔는지 환야는 손으로 입가를 가렸다. 그러고는 이내 억지로 눈물을 삼키며 환야가 불만스레 소리쳤다.

"이 망할 새끼야! 살아 있었으면…… 찾아왔어야지."

화가 난다는 듯한 환야의 말에 달치가 답했다.

"나 환야가 시키는 대로 했다."

"……내가 시키는 대로 했다니?"

"전에 환야 말했다. 길 잃어버리면, 혹시나 주인이나 환야 못 찾겠으면 그냥 잃어버린 곳에서 기다리라고. 그러면 반드시 찾으러 온다고. 그래서 달치 여기서 기다렸다. 주인이랑 환야가 달치 데리러 오기를."

아주 오래전 일이었다. 모자란 달치에게 괜히 길 엇갈려 번거롭지 않도록 가만히 있으라고 했었던 그 한마디.

그 한마디를 달치는 기억했고, 또 지켰다.

자신도 잊고 있었던 그 말을 달치는 계속해서 기억하고 있었던 것이다.

아마도 자신이 이곳에 있는 달치를 찾아내지 못했다면 그는 하염없이 평생을 이곳에서 자신들을 기다렸을 것이다.

언젠가 자신을 찾아 줄 거라 믿으며.

바보 같을 정도로 환한 미소를 머금은 채로 달치가 환야에게 말했다.

"환야, 고맙다. 달치 찾아 줘서."

2장. 반격의 시작

— 교주가 명한다

살아서 돌아온 마혈적가의 적인호와 몇몇 수하들.

그리고 혁무조의 호위 무사였던 무명까지. 그들이 돌아왔음에도 불구하고 혁련휘는 말없이 숨을 죽이고 때를 기다렸다.

무엇인가를 노리는 건지 모르겠지만 혁련휘는 신중하게 몇 번이고 비파월을 통해 여러 가지 정보를 수집했다.

현재 신도율은 마교 본성을 장악하고 여타의 세력들과 동맹을 맺은 채 점점 혁련휘의 숨통을 조여 오고 있었다.

이대로 시간이 지날수록 불리해진다는 걸 잘 알지만 선부른 계획으로는 신도율과의 일전에서 패하고야 말 것이다.

반격의 기회는 어쩌면 단 한 번.

그 한 번으로 이 싸움의 승패가 결정될지도 모른다.

그렇게 조용히 뭔가를 기다리는 혁련휘의 주변에서 일어난 단 하나의 움직임.

그건 다름 아닌 무명이었다.

혁련휘의 옆에 있었어야 할 그가 얼마 전에 은밀하니 어딘가로 사라진 것이다.

그렇게 무명을 비밀리에 움직이게 한 혁련휘는 자신의 거처에서 조용히 눈을 감은 채로 상념에 잠겨 있었다.

같은 장소에 비설 또한 자리하고 있었지만 그녀는 뭔가를 생각하는 혁련휘를 방해하고 싶지는 않았는지 조용히 침묵한 채로 그의 곁을 지켰다.

혁련휘는 지금 비파월에게 정보를 받아서 올 부의민을 기다리는 중이었다.

그가 나간 지 어언 한 시진.

이미 밤은 어둑어둑해졌고, 돌아오고도 남았을 정도의 시간이 지났을 무렵.

마침내 그토록 기다리던 부의민이 열린 문을 통해 거처 안으로 들어섰다. 그런 그를 발견한 비설이 먼저 입을 열었다.

"어? 아저씨 돌아오셨어요?"

비설의 목소리와 함께 눈을 뜬 혁련휘의 시선이 부의민에게로 향했다.

그녀를 힐끔 바라봤던 부의민은 곧바로 혁련휘에게 먼저 말했다.

"교주님, 임무 마치고 돌아왔습니다."

"갔던 일은?"

그런 그를 향해 혁련휘가 다급히 물었다.

혁련휘의 그런 반응에 부의민은 품속에 접어 두었던 서찰을 꺼내어 내밀었다. 그의 손에 들린 서찰을 빠르게 낚아채 간 혁련휘는 곧바로 안의 내용을 확인했다.

서찰에 적혀 있는 글자들을 조용히 읽어 내려가던 혁련휘가 이내 말없이 고개를 치켜들었다.

수많은 가정들과 고민들.

그리고 이 서찰을 통해 마침내 혁련휘는 결단의 시기가 왔음을 느낄 수 있었다.

조용히 서찰을 내려놓은 혁련휘의 시선이 한곳에 놓여 있는 혁무조의 위패로 향했다. 아직 제자리를 찾지 못한 위패를 물끄러미 바라보던 혁련휘가 손가락으로 가볍게 탁자를 두드렸다.

통통.

공허한 소리가 혁련휘의 거처를 가득 채웠다.

마음이 복잡했다.

'……아버지. 오늘따라 당신의 목소리가 듣고 싶군요.'

지금 내릴 자신의 결단이 과연 옳은 것인지 아닌지는 장담할 수 없다.

그리고 그건 그 누구도 알 수 없는 것이기도 했다.

수십만에 달하는 마교 무인들의 목숨이 달린 결정. 오늘의 선택으로 인해 마교의 무인뿐만이 아닌, 강호를 살아가는 많은 이들의 운명이 바뀌게 될 것이다.

그리고 그런 결정에 따른 모든 책임감을 짊어져야 하는 혁련휘의 어깨가 무거운 건 당연했다.

위패를 바라보다 눈을 감은 그의 귀로 문득 혁무조의 목소리가 들려오는 듯했다.

지켜 내라고.

마교를 지키고, 무림의 많은 이들의 목숨을 지켜야 한다고. 그것이 바로 천하의 주인인 혁련휘가 해야 할 일이라고 말이다.

천하의 주인.

혁무조는 말해 왔다.

그것의 무게가 얼마나 크고, 중요한 것인지를. 그리고 그 모든 말들을 이제 혁련휘는 이해할 수 있었다.

또한 그러한 자리를 지켜낸 혁무조라는 사내의 대단함도 다시금 상기했다.

그리고…….

천천히 눈을 뜬 혁련휘가 위패에서 시선을 돌려 부의민을 바라봤다.

'내 결정으로 많은 이들이 죽을지도 모른다.'

그렇기에 옳은 선택을 위해 계속해서 고민했다. 변수와 실패할 확률을 줄일 수 있도록 집중적으로 정보도 끌어모았다.

그리고 마침내 내린 답.

혁련휘가 입을 열었다.

"부의민."

"네, 교주님."

대답하는 그를 향해 혁련휘가 말을 이었다.

"무명, 움직이라고 해."

반격은 혁무조의 호위 무사였던 무명으로부터 시작될 것이다.

*　　*　　*

신도율이 눈에 불을 켜고 찾고 있는 무명이 자리하고 있는 곳은 놀랍게도 마교 내부였다.

중원 곳곳 정보망이 닿는 모든 장소를 찾고 있는 그들의 입장에서는 실로 당황스럽기 그지없는 일이었다.

그토록 찾고 있는 무명이 오히려 자신들의 품 안에 있는 꼴이었으니 말이다.

물론 무명이 마교로 돌아온 건 며칠 되지 않았다.

그는 혁련휘를 찾아가 교주의 인장을 건넸고, 곧바로 비밀 지령을 전달받은 채로 이곳에 자리하고 있었다.

보통의 이들이라면 철통 같은 마교를 드나드는 것이 어려운 일이었겠지만 무명은 달랐다. 그는 교주의 그림자로 살아온 인물이다.

잠입이나 경공에 능한 그는 마교의 외성을 지키는 무인들의 눈을 속이기에 충분한 실력을 지녔다.

은밀하게 잠입한 무명이 머무르고 있는 곳은 다름 아닌 마교 안에 감춰져 있는 비파월 비밀 지부였다.

평범한 장원으로 위장되어 있는 비파월 비밀 지부에 숨은 무명은 혁련휘의 명을 기다리고 있었다.

그는 장원의 가장 안쪽에 위치한 거처의 툇마루에 앉아 평화로운 시간을 보냈다. 날씨는 무더웠지만 그늘에 조용히 기대어 앉은 덕분에 딱히 더위는 느껴지지 않았다.

그리고 종종 불어오는 산들바람이 그의 기분마저 좋게

만들어 줬다.

온통 푸른 나무들과 꽃들이 주변과 어우러져 사람의 마음마저도 편안하게 만들어 주는 이곳.

그곳에서 무명은 조용히 차를 마시며 혼자만의 시간을 가지고 있었다.

마교는 안팎으로 시끄러웠다.

신도율이 마교의 본성을 손에 넣기는 했지만 그로 인해 여러 가지 잡음들은 상당했다. 그렇지만 칠대천들 중 혁련휘와 적대시했던 이들이 모두 신도율에게 넘어갔다.

거기다가 반대하는 세력들의 수장들을 대부분 쳐내 버렸으니 맘에는 안 들어도 더는 크게 반대의 뜻을 내비치기는 어려운 상황.

마교 본성 내부에는 이제 신도율을 위협할 만한 세력이 남아 있지 않았다.

혼란스럽긴 하지만 이대로 시간이 흐르게 둔다면 결국 두어 달 사이에 내부는 완전히 정리될 것이다.

그리고 그 이후에 신도율은 마지막 방해물인 혁련휘를 죽이기 위해 움직일 게 자명한 사실.

그렇게 된다면 이 싸움에 승산은 없다.

그때 입구 쪽에서 소리가 들려왔다.

끼이익.

기둥에 기댄 채로 말없이 차를 음미하던 무명은 갑작스레 들려오는 소리에 시선을 돌렸고, 그곳에서는 이곳에 온 이후에 알게 된 서평이 다가오고 있었다.

안 지 며칠 되지 않았지만 성격이 잘 맞는 덕분인지 둘은 제법 말을 섞는 사이가 되어 있었다.

무명이 먼저 인사를 건넸다.

"오셨습니까?"

인사를 건네는 그를 향해 서평이 웃는 얼굴로 다가왔다.

"오늘도 또 차를 즐기시고 계시군요. 차를 많이 좋아하시나 봅니다."

"……그러게 말입니다. 오랫동안 마시지 못했는데 요새는 원 없이 먹게 되는군요."

혁무조의 그림자로 살아가며 무명은 차를 마실 기회가 없었다.

하루 종일 숨어 있거나, 아니면 바로 옆에서 혁무조를 지키는 것이 그의 임무였으니까.

그런 무명이었기에 차를 마실 여유가 있을 턱이 없었다.

오랫동안 마시지 못했던 차이거늘 지켜야 할 혁무조가 죽은 탓에 요즘엔 이리도 입에 달고 사는 중이었다.

말을 하는 무명의 얼굴에 서린 쓸쓸한 표정의 의미를 알아서인지 서평은 작게 고개를 끄덕거렸다.

평생을 옆에서 보필해 왔던 혁무조가 죽었으니 무명의 입장에서는 표현하기 힘들 정도로 큰 상실감에 젖을 수밖에 없을 것이다.

실로 충성스러운 무인.

그런 무명을 서평이 말없이 바라보고 있을 때였다.

찻잔에 담긴 찻물을 한 모금 삼킨 그가 짧게 말했다.

"교주님께서 연락을 주신 모양이군요."

"……어찌 아셨습니까?"

아직 아무런 말도 꺼내지 않았음에도 불구하고 자신의 방문 목적을 알아차린 무명의 모습에 서평은 놀란 듯이 눈을 치켜떴다.

그런 그를 향해 무명이 픽 웃으며 답했다.

"일하시다가 자리를 비우시는 성격은 아니더군요."

교주를 지키는 호위 무사로 살아가다 보니 무명은 여러 가지 방면에서 많은 것들을 익혔다. 그리고 그중 하나가 바로 만나는 사람들의 성격과 행동을 파악하는 눈썰미다.

알게 된 지 얼마 되지 않긴 했지만 적어도 서평이 한참 일을 하다가 이유도 없이 자신을 찾아오지 않을 인물이라는 것 정도는 이미 파악한 상태였다.

생각지도 못한 무명의 말에 서평이 어색하게 머리를 긁적이다 이내 진지한 표정을 지어 보였다.

그러자 덩달아 웃고 있던 무명 또한 조용히 찻잔을 내려 놓았다.

서평이 품에 지니고 온 서찰을 꺼내어 들었다.

그가 말했다.

"교주님의 서찰과 전언입니다."

그 말을 듣는 순간 무명은 자리에서 일어나 공손하게 무릎을 꿇었다.

그러고는 조심스레 양손을 들어 올려 서평이 가지고 온 서찰을 건네받았다.

서찰을 받는 순간 서평이 자신이 전해 들은 말을 전했다.

"실행하라…… 하셨습니다."

서평의 그 말에 무명은 마치 바로 옆에 혁련휘가 있기라도 한 것처럼 짧게 답했다.

"명 받듭니다."

말을 마친 그는 자리에서 벌떡 일어나며 서찰을 품에 감췄다. 그리고는 이내 아쉽다는 듯 찻잔에 담긴 찻물을 바라보며 중얼거렸다.

"여유 있는 시간은 오늘부로 끝인가 보군요."

"가기 전에 시간이 되신다면 잠시 들르시지요. 좋은 차를 준비해 둘 테니까요."

"글쎄요. 그럴 여유가 있을지 모르겠군요."

자신에게 임무가 떨어졌다는 건 곧 혁련휘가 움직이기 시작했다는 말이었으니까.

말을 마친 무명은 옆에 풀어 놓았던 검집을 강하게 움켜쥐었다.

준비를 끝낸 그가 서평을 향해 포권을 취했다.

“며칠 동안 신세 잘 졌습니다.”

“잠입하는 데 저희 쪽의 도움이 없으셔도 되겠습니까?”

떠나기 위해 인사를 하는 그를 향해 서평이 걱정스레 물었다. 그리고 그런 걱정에 무명이 픽 웃으며 말했다.

“제가 누군지 잊으셨나 봅니다.”

몸을 돌린 무명이 천천히 걸음을 옮기기 시작했다.

그러고는 이내 짧게 말을 이었다.

“전 무명입니다. 교주님의 그림자지요.”

그 말과 함께 눈앞에 있던 무명의 모습이 거짓말처럼 사라졌다. 마치 애초에 아무도 없었던 것처럼 말이다.

비어 버린 공간을 바라보며 서평은 감탄한 듯 짧게 웃음을 흘렸다.

“허허, 과연 무명이라는 이름은 괜히 받은 게 아니군그래.”

교주를 지키는 최고의 호위 무사만이 지닐 수 있는 이름 무명.

이름이 없다는 뜻의 무명이고, 평생 무인으로서 명성을 얻기도 불가능하다.

호위 무사는 드러나서는 안 되는 존재니까.

그렇지만 교주를 지키는 최고의 호위 무사인 만큼 무공 실력 하나는 검증을 받은 것이나 다름없다.

서평은 해가 저물어 가는 하늘을 바라보며 천천히 입을 열었다.

"무운을 빌겠습니다."

비파월의 비밀 지부에서 사라진 무명이 마교 내성에 모습을 드러낸 건 대략 한 시진 정도가 흐른 후였다.

저물어 가던 해가 모습을 아예 감추고 세상이 어둠에 잠식되어 가고 있는 그때.

무명은 죽립을 쓴 채로 빠르게 목적지를 향해 나아가고 있었다.

그렇게 한참을 걸은 무명의 걸음이 멈추어 선 곳.

그곳은 바로 칠대천의 하나이자 장룡이 이끌었던 흑랑방이었다.

절대십마 중 한 명인 장룡이 있을 때까지만 해도 흑랑방은 완전히 혁련휘의 아군이었다. 그렇지만 그는 신도율에게 죽었고, 흑랑방 또한 완전히 굴복해 버렸다.

장룡이 죽은 이상 누구도 신도율에게 대적할 이유도, 힘도 없었기 때문이다.

흑랑방의 이름이 적힌 현판을 멀리서 바라보던 무명이 이내 죽립의 앞부분을 꾸욱 아래로 내리눌렀다.

그가 서서히 흑랑방을 향해 한 걸음 다가갔다.

죽립 아래에서 모습을 드러낸 무명의 눈동자가 번뜩였다.

'……슬슬 시작해 볼까.'

* * *

흑랑방 방주 장유희.

그녀는 대외적으로 절대십마의 하나였던 장룡의 딸로 알려져 있다. 물론 진짜 장유희는 장룡의 핏줄이 아닌 포악한 일을 일삼던 전대 방주 만휘양의 숨겨진 여식이다.

그리고 그 일을 빌미로 혁련휘는 장룡과 거래를 했었고, 덕분에 두 세력은 힘을 합치지 않았던가.

장룡이 죽기 전에도, 그리고 죽은 이후에도 흑랑방의 방주는 장유희였다.

허나 장룡이 사라진 흑랑방은 결코 예전과 같을 수 없었다. 그는 흑랑방의 최고 고수이자, 어린 방주를 지켜 주던

든든한 방패막이였다.

그런 그가 사라지자 장유희는 무척이나 힘들 수밖에 없었다.

어린 그녀가 감당하기에는 너무 큰 일들이 연달아 몰아쳤으니까.

오늘도 하루 종일 업무에 시달리던 장유희는 늦은 저녁이 되어서야 자신의 거처로 돌아올 수 있었다. 그녀의 뒤로 중년의 시녀 하나가 함께했다.

널찍한 의자에 털썩 앉은 장유희가 피곤하다는 듯 이마를 주무르며 중얼거렸다.

"유모, 문 좀 닫아 줘."

그녀의 말에 유모라 불린 중년의 시녀가 열려 있는 문을 빠르게 닫았다. 그리고 그제야 장유희는 길게 한숨을 내쉬었다.

"하아."

"괜찮으세요, 방주님?"

긴 한숨과 함께 얼굴을 감싸 안는 장유희를 향해 유모가 서둘러 다가왔다.

그녀보다 몇 곱절은 나이가 많은 이들과 하루 종일 입씨름을 벌여 대야 했으니 심력 소모가 보통이 아닌 건 당연했다.

더군다나 장룡이 죽은 이후 그들 모두가 호의적이지도 않은 상황.

그 모든 걸 감내하면서도 장유희는 어떻게든 흑랑방을 이끌기 위해 노력했다.

이 흑랑방이 자신의 아버지에게 어떠한 의미인지 잘 알았기 때문이다.

지친 기색을 계속해서 감춰 왔지만 어린 소녀인 그녀로서는 버틴다는 것 자체가 쉽지 않았다.

그런 장유희를 향해 유모가 말했다.

"돌아가신 어르신께서 대견하다 생각하실 거예요."

"……과연 그럴까?"

"그럼요."

확신한다는 듯이 말하며 웃어 보이는 유모를 보며 장유희 또한 희미한 미소를 지어 보였다. 칠대천의 하나인 흑랑방을 이끄는 일이나, 정세를 살피는 일 등은 언제나 장룡이 도맡았다.

방주이긴 했지만 아직 나이가 어린 탓에 장룡은 전면에서 모든 걸 이끌었고, 장유희는 조금씩 그 경험을 전수받던 단계였다.

그러던 차에 벌어진 장룡의 죽음.

그 탓에 장유희는 예정보다 훨씬 빠르게 진짜 방주의 임무를 수행해야만 했다.

작은 미소를 머금은 채로 유모를 힐끔 쳐다보던 장유희의 표정이 일순 딱딱하게 굳었다.

유모의 뒤편으로 등장한 하나의 모습 때문이다.

죽립을 눌러 쓴 누군가가 귀신처럼 그곳에 모습을 드러냈다.

놀란 듯 비명을 내지르기도 전에 그의 전음이 귓가를 파고들었다.

『할 말이 있어서 찾아뵈었습니다. 잠시 주위를 물리시죠.』

유모의 바로 뒤에 모습을 드러낸 그자의 모습에 장유희는 입술을 깨물었다.

실로 대단한 능력자다.

그렇지 않고서야 이렇게 은밀하니 자신의 방에 잠입하는 게 가능하지 않을 테니까.

마음만 먹는다면 이곳에 있는 자신과 유모 정도는 소리도 없이 죽일 수 있는 수준의 실력자.

심지어 유모는 지금 자신의 뒤에 누군가가 있음을 알아차리지도 못했다.

갑작스럽게 표정을 굳힌 장유희의 모습에 유모가 의아한 표정으로 물었다.

“갑자기 뭘 그리 보세요?”

말과 함께 유모가 고개를 뒤로 돌렸을 때다. 그 자리에 있던 죽립의 사내가 연기처럼 사라졌다. 그렇지만 장유희는 직감할 수 있었다.

모습은 보이지 않지만 그자는 이 방 어딘가에 숨어 있다는 사실을.

상대가 누구인지 전혀 알지 못했다.

허나 이거 하나만은 확실했다.

‘……죽이려 했었다면 이미 우리는 죽었어.’

그리고 그건 아마 지금도 다르지 않을 것이다. 소리를 지르는 것보다 그자가 자신들을 죽이고 도망치는 게 더 빠를 거라는 걸.

그걸 잘 알기에 잠시 침묵하던 장유희가 애써 침착한 표정을 지어 보였다.

“유모, 피곤해서 그러는데 혼자 좀 쉴게.”

“그럼요. 식사는 안 올려도 되겠어요?”

“응. 오늘은 입맛이 별로 없네.”

“그럼 저는 물러가 있을 테니 뭐 필요한 거 있으면 바로 불러 주세요. 오늘도 고생하셨을 테니 푹 쉬시고요.”

“유모도.”

말을 끝낸 유모가 몸을 돌려 방 밖으로 걸어 나갔다. 그때까지만 해도 슬쩍 미소를 머금은 채로 떠나는 그녀를 배웅하던 장유희의 표정이 돌변했다.

미소가 사라진 얼굴의 그녀가 나지막이 입을 열었다.

"누구시죠."

숨어 있던 죽립의 사내가 그 물음에 다시금 모습을 드러냈다.

그자가 짧게 인사를 건넸다.

"무명이라고 합니다. 저는 뵌 적이 있는데, 방주님께서는 제가 초면이겠지요."

"……무명이요?"

자신의 정체를 밝힌 무명을 보며 장유희는 놀란 듯 눈을 치켜떴다.

무명은 마교 교주를 지키는 최고의 호위 무사임을 알고 있기도 했고, 지금 신도율이 그토록 뒤쫓고 있는 자라는 것도 안다.

그런 그가 갑자기 자신의 앞에 나타난 것이다.

생각지도 못한 방문.

놀라는 것도 잠시, 곧 정신을 차린 장유희가 침착하니 말을 이었다.

"왜 당신이 여기에 있는 거죠?"

"전해 드릴 게 있어서 찾아뵈었습니다."

"전해 주실 거라면……?"

"교주님의 서신입니다."

"……어느 교주님을 말하시는 거죠?"

그녀의 질문에 무명이 당연하다는 듯 답했다.

"마교의 교주님은 당연히 한 분이지요."

무덤덤한 목소리 속에서 느껴지는 확고부동한 의미가 느껴졌기에 장유희는 그를 물끄러미 바라봤다.

그녀가 말했다.

"지금 그쪽이 어떤 신세인지 몰라요? 이곳 마교에서 모습을 드러낼 상황은 아닌 것 같은데요. 더군다나 절 찾아오다니요? 여기는 칠대천 중 하나인 흑랑방 방주의 거처입니다. 이렇게 말없이 잠입한다는 것만으로도 큰 죄가 될 수도 있다는 겁니다."

사실 장유희는 무서웠다.

이 사내에겐 자신 정도는 아무렇지 않게 죽일 수 있는 무력이 존재했으니까.

그렇지만 그녀는 절대 물러서지 않겠다는 듯 무명을 바라보며 또박또박 말했다.

흑랑방을 지켜야 하는 방주로서 쉽게 보일 생각은 없었다.

그런 장유희의 모습에 무명이 말했다.

"몰래 잠입한 점은 사과드리겠습니다. 정식으로 요청을 할 수 없는 처지라 그 점은 양해 부탁드리지요."

"……사과를 하셨으니 이번은 넘어가죠."

정중하게 말하는 무명을 향해 장유희가 고개를 끄덕였다.

그리고 그런 그녀를 향해 무명이 말을 이었다.

"제가 어떠한 신세인지 모르냐고 하셨지요? 압니다. 신도율, 그가 절 잡기 위해 혈안이 되어 있다는 것도요."

"그걸 아시면서 마교 내부를 드나드는 건 자살 행위 아닌가요?"

"자신이 있으니까요."

"자신이요?"

"쉽사리 잡히지 않을 자신 말입니다."

그림자로 살아온 탓에 얼굴이 잘 알려져 있지 않은 무명이다.

거기다 스스로의 무공에 자신도 있다. 그랬기에 내뱉을 수 있는 말이었다.

무명을 응시하던 장유희가 알겠다는 듯 고개를 끄덕이며 말했다.

"좋아요. 그건 그렇다 치고 절 찾아온 연유가 뭐죠? 지금 같은 상황에 교주님이 제게 하실 말씀이 뭐가 있으시다고……"

"교주님의 서신입니다."

무명은 품에 지니고 온 서찰을 꺼내 둘 사이에 있는 탁자 위에 조심스레 올려 뒀다.

여러 가지 생각에 말없이 서찰을 응시하는 그녀를 향해 무명이 말했다.

"아, 그리고 이 말도 전하라 하셨습니다. 장룡, 그의 죽음에 깊은 애도의 뜻을 표한다고요."

"……감사합니다."

고개를 끄덕인 장유희는 이내 결심을 했는지 서찰을 주워 들어서 조심스레 펼쳐 들었다.

서찰의 내용을 확인한 그녀의 눈동자가 흔들렸다.

그 안에는 짧은 내용이 담겨져 있었다.

교주가 명한다. 마교 내부에서 간악한 무리들을 흔들라.

서찰의 내용에 놀랐던 그녀는 끝에 찍혀 있는 하나의 인장에 다시금 눈을 치켜떴다.

교주의 인장이다.

현재 마교 내부에서는 교주의 인장이 사라진 것으로도 소란이 일고 있었다.

그런데 그 인장이 이 서찰에 찍혀서 모습을 드러낸 것이다.

놀란 장유희가 물었다.

"이건 교주님의 인장 아닌가요?"

"맞습니다."

"어떻게 이게 그쪽에……"

"제가 가지고 갔으니까요."

돌아오는 대답에 그제야 그녀는 왜 신도율이 그토록 무명을 뒤쫓고 있었는지를 알 수 있었다. 교주의 인장을 무명, 그가 가지고 있었으니까.

신도율의 입장에서는 사라진 인장이 무명의 손에 의해 진짜 교주인 혁련휘에게 넘어갈지도 모른다는 소문을 듣고 싶지 않았던 것이다.

그랬기에 쉬쉬했던 사건을 장유희는 무명이 가지고 온 서찰을 통해 알 수 있었다.

놀랐던 그녀는 곧 마음을 추슬렀다.

인장보다 더욱 중요한 건 바로 서찰의 내용이었으니까.

짧은 내용이긴 했지만 안에 적혀 있는 혁련휘의 뜻은 분명했다.

그 서찰을 바라보던 장유희가 갑자기 피식 웃었다.

그런 그녀의 반응에 무명이 의아한 표정을 지어 보일 때였다.

서찰을 내려놓은 그녀의 시선이 무명에게 향했다.

“그거 아세요? 사실 얼마 전에 돌아가신 아버지가 제 친아버지가 아니라는 걸요. 제 친아버지는…… 바로 만휘양, 흑랑방의 전대 가주였던 바로 그분이죠.”

“……알고 계셨습니까?”

무명이 놀란 표정을 지어 보였다.

아는 이라고 해도 정말 몇 되지 않는 흑랑방 내부의 비밀이다. 갓난아이 때부터 장룡의 손에 키워졌고, 쉬쉬하던 일이었기에 본인인 장유희 또한 모를 거라 여겨 왔다.

무명 또한 이번에 마교로 오게 되면서 혁련휘에게 전해 들었던 부분이다.

장유희가 무덤덤하니 말했다.

“얼마 전에 돌아가신 양부는 제가 그걸 모른다고 생각하셨죠. 아마 평생 모르길 바라셨을 거예요. 그분은…… 그런 분이니까요.”

장룡은 딸로 거둔 장유희에게 이런 사실을 꽁꽁 감췄다.

그녀가 상처받는 것이 싫었으니까.

그렇지만 이미 장유희는 그런 비밀을 알고 있었던 모양이다.

그녀가 서찰을 어루만지며 말을 이었다.

“재미있네요. 한쪽은 제 친부를 죽였고, 다른 한쪽은 제

양부를 죽였어요. 그리고 지금 그 둘 중 하나를 저에게 선택하라는 거네요?"

친부인 만휘양은 혁련휘의 손에, 양부인 장룡은 신도율에게 죽었다.

한쪽은 자신을 낳았고, 다른 한쪽은 자신을 길렀다.

피는 물보다 진하다.

분명 장유희, 그녀 또한 그리 생각했다.

장유희가 말했다.

"사실 전 제 아버지의 복수를 하고 싶었어요. 그게 과연 어느 쪽일까요?"

"……"

그 복수의 대상이 혁련휘인가 신도율인가.

그게 누구인지에 따라 장유희의 선택은 완전히 달라질 수밖에 없었다.

그녀는 자신의 조그마한 손으로 주먹을 꽉 쥐어 보였다.

너무도 자그마한 이 손.

그랬기에 힘을 키우려 했다.

복수를 할 수 있는 바로 그 힘!

주먹을 움켜쥔 장유희가 무명에게 시선을 돌렸다. 그녀의 입이 열렸다.

"제 아버지는…… 한 분뿐이에요. 장유희라는 이름 석

자를 제게 주신 바로 그분. 걷지도 못하는 절 세상 모두가 버리려 했을 때 유일하게 제 손을 잡아 주셨던 바로 제 아버지요."

낳은 정을 어찌 우습다 할 수 있으랴.

허나 그렇다고 해도 아무런 애정도 없고 그저 핏줄로만 이어진 만휘양과 장룡 중 누군가가 소중하느냐 묻는다면 답은 언제나 하나였다.

장룡, 그녀에게 아버지는 바로 그뿐이다.

실제로 만휘양이 죽었다는 사실을 전해 들었을 때에는 그저 얼마 동안 울적한 정도로 끝이었지만, 장룡이 죽었다는 사실을 알았을 때는 세상이 끝난 것처럼 몇 날 며칠을 울어 댔으니까.

그랬기에 장유희는 신도율을 용서할 수 없었다.

세상에 버려진 자신을 지켜 줬던 장룡을 죽인 그자를.

가장 사랑했고, 유일한 가족이라 여겼던 장룡을 죽인 신도율이라는 그자를 말이다.

모든 걸 포기하고 싶음에도 불구하고 흑랑방의 방주로서 제 임무를 다하려 했던 건 때를 기다리기 위함이었다.

당장엔 무리라고 해도 언젠가 신도율을 죽이는 것.

그 하나의 목표를 이루기 위해서 말이다.

그러던 차에 혁련휘의 연락이 왔고, 선택은 어렵지 않았다.

그녀가 짧게 자신의 의사를 드러냈다.

"교주님을 돕겠습니다."

"감사합니다, 방주님."

인사를 건네는 무명을 향해 장유희가 물었다.

"그런데 제가 뭘 하면 되죠?"

서찰에는 간악한 무리들을 흔들라 적혀 있었지만 아직까지 장유희는 혁련휘가 원하는 게 뭔지를 정확히 파악할 수가 없었다.

흑랑방 하나로 신도율에게 타격을 주는 건 불가능하다는 걸 장유희는 잘 알고 있었다.

그런 와중에 자신이 해야 할 일이 무엇인지를 정확히 알고자 했다.

그녀의 질문에 무명이 답했다.

"시간을 벌어 주시면 됩니다."

"시간이요?"

"마교가 안정되지 않도록 안에서 자잘한 사건들을 일으켜 주시는 것. 그것이 교주님이 원하는 겁니다."

"그게 무슨 의미가 있죠?"

"마교의 본성의 병력이 이곳을 나와 새외 세력과 규합하는 걸 막으려는 겁니다. 현재 저희의 예상으로는 두어 달 정도면 신도율이 마교를 안정시키고 병력을 가동할 수 있을 것으로 판단하고 있습니다."

"그래서요?"

"방주님은 그 시간이 최대한 늦추어지도록 해 주시면 됩니다."

"……얼마면 되죠?"

"길면 길수록 좋긴 한데 최소 두 달은 되었으면 합니다. 가능하시겠습니까?"

무명의 질문에 장유희가 입을 닫았다.

쉽지 않을지도 모른다.

아니, 쉽지 않을 것이다.

상대는 다름 아닌 신도율이니까. 지금 그녀는 비밀리에 그의 발목을 잡는 일을 수행해야만 했다. 들통이 난다면 신도율의 성격상 자신을 살려 두지 않을 것은 자명한 일.

그렇지만 복수의 칼을 갈았을 때부터 이미 목숨 정도는 버릴 걸 염두에 두었던 장유희다.

아직은 너무도 어린 소녀, 그렇지만 장룡이라는 훌륭한 사내의 아래에서 자란 그녀는 무척이나 용감했다.

장유희가 말했다.

"……세 달 이상 버텨 보죠."

3장. 재회

— 우리 다시 함께한다

조용한 아침이 다시금 찾아왔다.

혁련휘는 이른 아침부터 무척이나 바빴다.

부의민을 비롯하여 인근을 지키고 있는 변방의 대주 이상 급들을 모두 불러 모아 이런저런 명령을 내렸다.

새로운 방어선과 또 그에 따른 지침까지 끝마쳤을 때는 어느덧 점심시간이 훌쩍 넘어서고 있었다.

부의민과 함께 방으로 돌아온 혁련휘를 비설이 웃으며 맞았다.

"오셨어요, 형님?"

쪼르르 달려온 그녀를 혁련휘 또한 고개를 끄덕이며 반

겼다.

혁련휘가 물었다.

"식사는?"

"형님하고 같이 먹으려고 기다렸죠."

"먼저 먹지 그랬어."

점심을 먹기엔 시간이 많이 흘렀거늘 비설은 계속해서 두 사람을 기다리고 있던 모양이다. 혁련휘의 말에 그녀가 여전히 웃는 얼굴로 답했다.

"에이, 그래도 같이 먹어야 맛있죠."

"배 많이 고프겠네. 식사하러 가지."

다정하게 이야기를 주고받는 두 사람이 거처를 벗어나기 위해 걸음을 옮기다 이내 뒤편에 멀뚱멀뚱 서 있는 부의민에게 시선을 던졌다.

비설이 물었다.

"아저씨는 안 가요?"

"하아, 그 사이에 껴 있는 게 얼마나 고역인지 아냐? 이거야 원 짝 없는 사람은 서러워서 살겠나."

둘의 다정한 모습에 질색을 하는 듯이 보였지만 실상 부의민의 속내는 그렇지 않았다.

세상에서 가장 어울리는 한 쌍.

저 둘이 그랬다.

무뚝뚝하고 차가운 혁련휘를 보듬어 안을 수 있는 유일한 여인이 바로 저 비설이었으니까.

부의민이 장난스럽게 말했다.

"교주님, 제가 껴도 됩니까? 괜히 방해했다고 나중에 감봉 같은 거 하지 마시고요."

"애초에 따라올 생각이었으면서 쓸데없는 소리는. 하루종일 굶어서 출출할 텐데 따라와."

혁련휘의 말을 듣고서야 부의민은 어깨를 으쓱하며 말을 받았다.

"교주님께서 그리 말씀하신다면야 그러죠."

말과 함께 두 사람의 뒤로 따라붙은 부의민은 곧바로 수다를 떨기 시작했다.

"그나저나 환야에게서는 소식 없습니까?"

"아직."

달치의 시신이라도 찾겠다고 나선 환야다.

찾지 못했다면 쉬이 발걸음을 떼기 어려울 것이라는 건 예상하고 있지만 혁련휘는 환야를 안다. 아무리 그렇다고 해도 혁련휘의 계획과 일정을 알고 있는 그였기에 너무 늦지 않게 돌아올 것이라는 걸.

그런 부의민을 향해 비설이 물었다.

"왜요? 환야 아저씨가 보고 싶기라도 한가 봐요?"

"뭐 그런 끔찍한 소리를 다 하냐. 그놈 얼굴이 보고 싶어서 그러겠어? 그냥 환야가 없어서 내 일이 곱절 이상으로 늘어났으니까 그렇지."

부의민은 힘들어 죽겠다는 듯 불만을 토해 냈다.

투덜거리는 그를 보며 비설은 피식 웃음을 흘렸다. 말은 저리 해도 환야가 언제 돌아오나 계속해서 학수고대하고 있음을 잘 알기 때문이다.

부의민이 환야를 기다리는 건 여러 가지 이유가 있었다.

방금 말했던 것도 물론 사실이긴 했다.

그가 사라진 탓에 그 많은 일들을 부의민이 혼자 담당하고 있었으니까. 덕분에 몸이 열 개라도 부족할 정도로 바쁜 나날들을 보내고 있다.

또한 차마 말하지 못했지만 내심 심심한 탓도 적잖이 있었다.

그리고 또 하나, 그의 귀환을 기다리는 이유는 바로 며칠 전 혁련휘가 꺼냈던 말 때문이었다.

혁련휘는 환야가 돌아오는 즉시 뭔가를 시작할 거라 운을 띄어 두었던 것이다. 그게 뭔지 며칠째 궁금했지만 아직 환야가 오지 않아 그저 골머리만 썩일 뿐이었다.

생각이 거기까지 미치자 부의민은 또 다시금 궁금증이 치밀었는지 입맛만 다셨다.

교주인 혁련휘에게 뭘 생각하고 있는지 캐물을 수도 없었기에 그저 막연하게 때를 기다리고 있을 수밖에 없었다.

부의민이 옆에 있는 비설을 툭툭 치며 슬쩍 물었다.

"넌 뭐 아는 거 없어?"

"뭘요?"

"뭐긴. 교주님이 며칠 전에 말한 그 뭔가 말이야."

바로 옆에 혁련휘가 있음에도 불구하고 부의민은 괜히 더 들으라는 것처럼 말했다. 자신이 이토록 궁금해하고 있다는 사실을 그가 알기라도 하라는 듯이 말이다.

그런 부의민의 질문에 비설이 고개를 저었다.

"아뇨, 아무것도 모르는데요."

"그냥 모른다고 하지 말고 네가 좀 캐 봐."

"형님이 바로 옆에 계시는데 아저씨가 그냥 물어보시면 되잖아요."

"너랑 내가 같냐. 내가 어떻게 캐물어. 그리고 내가 물어본다고 해서 말해 주실 분이냐?"

이미 그 말을 듣는 순간부터 궁금하다는 티를 팍팍 냈던 부의민이다.

그럼에도 불구하고 못 본 척하는 혁련휘의 모습을 보아하니 아직은 그 일이 뭔지 말해 줄 생각이 손톱만큼도 없어 보였다.

그리고 둘의 대화를 들을 수밖에 없는 혁련휘가 입을 열었다.

"그렇게 궁금해하지 않아도 어차피 조만간 알게 될 테니 너무 조급해할 필요 없어. 그때 돼서 죽는소리나 안 하면 좋겠군."

"……어려운 일입니까?"

"아마도?"

"하아."

부의민은 길게 한숨을 내쉬었다.

다른 사람도 아닌 혁련휘의 입에서 어려운 일이 될지도 모른다는 말이 나왔다.

그런 그가 어렵다고 할 정도니 보통 사람이라면 생각도 못 하는 일을 벌일지도 모른다는 불안한 예감이 엄습했다.

울상을 지어 보이는 부의민을 보며 웃고 있던 비설의 시선이 갑자기 위쪽으로 향했다.

하늘을 날고 있던 흑풍의 울음소리가 격하게 들려왔기 때문이다.

"끼이익! 끽!"

흑풍이 날카로운 소리를 토해 내며 하늘 위에서 빙글빙글 돌기 시작했다.

갑작스러운 흑풍의 반응에 멈칫한 것은 비설뿐만이 아니

었다.

영물 흑풍의 갑작스러운 반응에 다른 두 사람 또한 발을 멈추고 하늘을 올려다봤다.

비설이 입을 열었다.

"흑풍이 갑자기 왜 저러죠?"

"글쎄."

이유를 모르겠다는 듯 중얼거리는 혁련휘의 목소리에도 흑풍은 연신 울어 댔다.

"끼익! 끼이익!"

그런 흑풍을 보며 비설이 걱정스레 중얼거렸다.

"이상하네요. 그냥 저럴 애가 아닌데."

정확히 알 수는 없었지만 흑풍은 뭔가 신호를 보내는 것만 같았다. 그리고 그게 뭔지 모르는 상황에서 막연하게 하늘만 올려다보던 그때였다.

원을 그리며 날던 흑풍이 아래로 하강해 비설의 어깨 부분의 옷을 가볍게 발톱으로 잡아채고는 마치 당기듯이 움직였다.

그런 흑풍의 모습에 비설이 눈을 동그랗게 뜬 채로 말했다.

"따라오라는 거 같은데요?"

"……가 보지."

혁련휘가 고개를 끄덕이며 짧게 답했다.

하늘 높은 곳에서 날고 있던 흑풍이 뭔가를 발견했고, 그걸 알리기 위해 자신들에게 이런 신호를 보내는 것이 분명했다.

흑풍은 자신이 이끄는 쪽으로 일행이 따라오자 그제야 울음을 멈춘 채로 허공으로 날아올랐다. 그러고는 아래에 있는 세 사람을 안내라도 하는 것처럼 어딘가를 향해 천천히 비행했다.

날아가는 흑풍의 뒤를 쫓으며 부의민이 비설을 향해 대단하다는 듯 말을 꺼냈다.

“네 근성엔 정말 두 손 두 발 다 들었다. 어떻게 저 녀석하고 친해질 수 있지?”

흑풍과 가까워진 비설의 모습에 부의민은 혀를 내둘렀다.

그토록 오랫동안 함께했던 환야나 달치조차도 흑풍과 친해지는 건 포기하지 않았던가.

끈덕지게 달라붙었던 비설은 결국 녀석의 마음을 열고 이제는 혁련휘만큼은 아니라도 흑풍과 무척이나 친밀한 사이가 되어 있었다.

그녀가 이름을 부르면 반응하여 날아올 정도이니 말해 무엇하랴.

부의민의 말에 기분 좋은 미소를 지어 보였던 비설이 뭔가 말을 꺼내려 할 때였다. 하늘을 날고 있던 흑풍이 다시금 울음을 터트렸다.

"끼잇!"

그 소리가 들려오자 비설은 미소를 거두고 전방을 응시했다.

주변을 지나다니는 사람들과 몇몇 건물들로 인해 시야가 가려지긴 했지만 아주 멀리에서 익숙한 모습의 사람이 눈에 들어왔다.

선두에 있던 비설이 반갑게 소리쳤다.

"어? 저기에 환야 아저씨가……."

말을 내뱉던 비설의 목소리가 점점 잦아들었다.

그 이유는 바로 환야의 뒤편에서 함께 모습을 드러낸 한 사내 때문이었다.

워낙 커다란 덩치였기에 멀리에서도 확연하게 보이는 사람.

비설은 믿을 수 없다는 듯 자신의 눈을 비비다가 이내 옆으로 시선을 돌렸다. 그곳에는 자신과 마찬가지로 빠르게 표정이 변해 가는 혁련휘와 부의민이 자리하고 있었다.

그 모습을 보자 비설은 자신이 본 것이 환영이 아니라는 걸 확신했다.

그리고 그런 생각을 한 건 비단 비설뿐만이 아니었던 듯 싶다.

놀란 얼굴로 부의민이 중얼거렸다.

"야야. 나 지금 꿈꾸는 거 아니지?"

분명하다.

저 거구의 사내는…….

"……달치야."

나지막이 흘러나오는 혁련휘의 목소리가 심하게 떨려 왔다.

그리고 누가 뭐라 하기도 전에 혁련휘는 곧바로 한 걸음 앞으로 내디뎠다.

마음이 얼마나 급했는지 상체가 먼저 나아가는 것만 같은 착각을 불러일으키는 모습.

터벅, 터벅터벅.

한 걸음, 두 걸음.

내딛는 걸음걸이가 점점 빨라진다.

냉정하기로 소문난 혁련휘의 얼굴에 수많은 감정들이 요동쳤다.

수많은 인파들을 헤집으며 혁련휘는 거칠게 앞으로 달려나갔다.

점점 좁혀져 오는 거리.

그리고 거리가 줄어들수록 혁련휘의 심장은 더욱 빠르게 뛰기 시작했다.

자신을 향해 웃고 있는 저 얼굴, 그리고 저 표정까지도.

달치다.

그 녀석이 지금 자신의 앞에 있었다.

달치의 코앞까지 다가간 혁련휘가 그 자리에 서서 그를 바라봤다.

만감이 교차해 보이는 혁련휘의 모습에 달치보다 한 걸음 정도 앞에 자리하고 있던 환야는 코를 스윽 문질렀다.

지금 혁련휘의 감정이 어떨지 누구보다 잘 알고 있었으니까.

혁련휘가 힘겹게 입을 열었다.

"너……."

어렵사리 나온 첫마디.

그리고 그런 혁련휘를 향해 달치가 순박한 미소를 머금은 채로 대답했다.

"주인, 달치 돌아왔다."

그 말이면 충분했다.

와락.

혁련휘가 거구의 달치를 격하게 끌어안았다.

하고 싶은 말이 많았다.

어떻게 살아 있었던 거냐고.

그동안 어찌 지내고 있었느냐고. 정말 할 말이 너무도 많았는데…….

끌어안고 있던 손을 푼 혁련휘가 달치를 바라보며 나지막이 말했다.

"……살이 많이 빠졌구나."

말을 내뱉는 혁련휘는 감정이 울컥하고 터져 나오는 걸 느꼈다.

자신과 환야를 살리겠다며 홀로 절벽 아래로 적들을 데리고 떨어져 내렸던 그다.

꿈에서나 다시 만날 수 있을까 생각했던 사람.

그런 달치가 지금 눈앞에 있었다.

이토록 따뜻한 체온을 지닌 채로.

혁련휘가 입술을 꽉 깨물며 터져 나오는 감정을 억지로 누르고 있을 때였다.

뒤편에서 달려오던 두 사람의 목소리가 연달아 터져 나왔다.

"달치 아저씨!"

"야, 인마!"

말과 함께 두 사람은 휙 하니 뛰어올라 달치에게 매달렸다.

두 사람을 번쩍 들어 올린 채로 달치는 빙글빙글 몇 바퀴 돌기 시작했고, 그런 그의 어깨를 부의민이 팍팍 쳤다.

"어지러워 자식아!"

말을 내뱉는 부의민의 눈가엔 눈물이 핑 돌았다.

그의 핀잔에 달치가 두 사람을 내려 줬고, 부의민은 채 눈물을 참기 어려웠는지 괜스레 위를 올려다보며 손등으로 눈가를 찍었다.

손등이 축축할 정도로 눈물이 배어 나왔지만 부의민은 애써 킁킁거리며 딴청을 부렸다.

달치가 자신의 주변에 자리하고 있는 네 사람을 하나씩 바라봤다. 그러고는 이내 환하게 웃는 얼굴로 말했다.

"달치 기분 좋다."

"뭐가 인마."

괜스레 더 퉁명스레 말하는 부의민을 향해 달치가 말을 이었다.

"비설, 부의민 여기 있다. 우리 다섯 또 함께한다."

마교에서 함께 지내다가 뿔뿔이 헤어졌던 지난날들을 기억하고 있던 달치의 한마디에 부의민은 다시금 손가락으로 눈물을 닦아 냈다.

달치가 그런 부의민의 어깨에 손을 두르며 말했다.

"우리 다섯. 이제 헤어지지 않는다."

"……숨 막혀 자식아."

부의민은 말을 하면서 고개를 푹 숙였다.

쏟아져 내리는 눈물을 감추는 게 더는 쉽지 않았던 탓이다.

그때 많이 야윈 달치를 바라보며 혁련휘가 걱정스레 물었다.

"밥은 먹었느냐?"

그런 그의 질문에 달치가 씩 웃으며 대답했다.

"달치, 배고프다."

간단하게 식사를 하려던 혁련휘의 계획은 달치의 생환으로 인해 완전히 바뀌었다.

인근에서 가장 괜찮은 객잔을 찾은 그들은 아예 방을 빌려 둔 채로 잔치를 연상케 할 정도로 거한 식사를 하고 있었다.

물론 그 모든 건 달치를 위해서였다.

이곳에 오는 동안 그나마 식사를 좀 하긴 했지만 오랫동안 동굴에서 지내 오며 달치 또한 몸이 많이 상해 있었다.

절벽 아래로 떨어져 내렸던 달치는 심한 외상과 내상 모두를 입었었다. 사실 죽었어도 이상할 것 없는 수준의 부상이었거늘 달치는 그 위기를 자력으로 넘겨 냈다.

하지만 한동안은 제대로 움직일 수도 없어서 물가 근처에 쓰러진 채로 거의 물만으로 생명을 유지했다. 그러던 중 운이 좋아 인근 농가에 사는 이에게 발견되어 의원의 치료를 받을 수 있었다.

큰 치료는 아니었다고 해도 덕분에 달치는 거동할 수 있을 정도로 회복됐고, 곧바로 자신이 정신을 차렸던 곳으로 돌아가서 혁련휘와 환야가 찾으러 오기를 기다렸던 것이다.

달치는 오랫동안 못 먹은 음식에 대한 한이라도 푸는 듯이 접시들을 깨끗이 비웠다.

평소라면 그런 그의 모습에 잔소리를 해 댔을 환야도 오늘은 조용히 바라만 보고 있을 뿐이었다.

보통 사람의 열 배 가까운 음식을 먹은 후에서야 달치가 커다래진 배를 두드리며 만족스러운 웃음을 지어 보였다.

그런 달치를 바라보던 부의민이 괜스레 환야에게 말했다.

"애를 굶겼냐?"

"뭔 소리야. 오는 내내 얼마나 먹여 줬는데."

환야가 억울하다는 듯이 소리쳤다.

그러고는 이내 달치의 커다란 배를 가리키며 말했다.

"내가 안 먹인 게 아니라 저 배에 걸신이 들린 거거든?"

환야의 말에 잠시 달치의 배를 바라보던 부의민이 곧 고개를 끄덕였다.

생각해 보니 예전 마교에서 지낼 때도 그의 식성은 혀를 내두를 정도였던 것이 사실이니까. 그렇게 이야기가 길어지려고 할 때였다.

혁련휘가 천천히 입을 열었다.

"식사는 끝난 것 같군."

그의 목소리가 흘러나오자 지금까지 떠들어 대던 이들이 모두 입을 닫고 다음 말을 기다렸다.

혁련휘가 말했다.

"다들 주목해. 이제부터 중요한 이야기들을 해야 하니까. 우선은 환야."

"네, 대장."

대답하는 환야에게 혁련휘는 그가 자리를 비웠을 동안 있었던 일들에 대해 알려 주기 시작했다.

"네가 달치를 찾아 떠나 있는 동안 무명이 돌아왔고, 그를 이용해 마교 내부에서의 일을 준비시켰어. 그리고 얼마 전에 흑랑방으로부터 협조하겠다는 연락을 받았다."

"그렇군요."

사실 이 임무는 환야가 맡아야 했을 수도 있는 일이었다.

혁련휘 일행 중에 은밀하니 잠입하고 하는 건 환야의 장기였으니까.

하지만 환야는 신도율의 패거리에게 너무 노출이 되어 있는 상황, 내심 그게 걱정이었는데 무명의 등장 덕분에 그 임무를 대신할 수 있어서 다행이었다.

그리고 그로부터 온 장룡의 여식인 장유희의 수락 소식도 혁련휘가 준비해 둔 계획을 실행시키는 데 더욱 속도를 붙여 줬다.

환야가 물었다.

"가장 먼저 해야 할 흑랑방을 움직였다면…… 다음 단계로 넘어가실 생각이십니까?"

"때가 됐으니까. 네가 없는 동안 계속해서 정보를 받아서 우리의 계획에 오류는 없는지 확인했고, 이제 슬슬 결론이 나왔거든. 계획대로 진행할 생각이다."

말을 마친 혁련휘가 조용히 다른 사람들에게 시선을 돌렸다.

그러고는 이내 그가 말했다.

"잘 들어. 나는…… 자하도로 들어갈 생각이다."

그 한마디에 환야를 제외한 나머지 셋이 놀란 듯 눈을 치켜떴다.

자하도라니?

지금 같은 상황에 왜 그곳으로 돌아간단 말인가.

그런 이들의 반응을 예상이라도 한 것처럼 혁련휘가 말을 이었다.

"놀랄 거라고 생각했다. 그렇지만 신중히 생각하고 내린 결단이야."

"……이유가 있으신 거죠?"

비설의 조심스러운 질문에 혁련휘는 고개를 끄덕였다.

흑랑방을 통해서까지 더욱 길게 시간을 끌게 한 이유 중 하나.

그건 바로 자하도에 갔다가 돌아올 시간을 벌기 위함이기도 했다.

혁련휘가 뭔가를 말하기 위해 입을 열었다 뗐다를 반복했다.

말을 해야 하는데 쉬이 나오지 않는 말.

그렇지만 혁련휘는 곧 말을 이어 나갔다.

"다들 알겠지만 난…… 신도율에게 패했다."

큰 부상을 입은 상태였다고는 하지만 혁련휘는 신도율에게 당했다.

물론 제 몸 상태였다면 지지 않았을 거라 여길 수도 있었다.

그렇지만 냉정하게 판단해 봤을 때 신도율과 싸워 본 혁련휘는 알았다.

신도율이 자신보다 한 수 이상 더 앞서 있다는 사실을.

병력을 모아서 마교로 쳐들어가는 데 성공하면 무엇하겠는가.

결국 신도율을 이기지 못한다면 자신들의 계획은 성공하지 못한다.

협공을 생각하지 않은 건 아니다.

그렇지만 과연 신도율은 혼자일까? 분명 그의 옆을 지키는 이들이 있을 테고, 결국 단신으로 신도율과 겨루어야 할 수도 있다.

그 싸움에서 자신이 진다면?

마교는 무너지고야 말 것이다. 그리고 자신의 옆에 있는 소중한 사람들을 지켜 내지도 못할 거라는 것도 안다.

그랬기에 혁련휘는 강해져야 했다.

신도율과 싸워서도 지지 않을 정도의 강함이.

그리고 그 강함을 단기간에 이뤄 내는 건 쉬운 일이 아니었다.

혁련휘가 자신을 주시하는 네 명의 얼굴을 하나씩 바라봤다.

더는 자신의 옆에 있는 소중한 사람이 죽어 나가는 걸 보고 있지만은 않을 것이다.

혁련휘가 말을 이었다.

"그리고 솔직히 말해서 지금의 난 신도율을 이기지 못한다. 그자가 나보다 강하니까. 그래서 난 자하도에 가서 그때 얻지 못했던 마지막 무공을 얻으려고 한다."

"마지막 무공이요?"

되묻는 비설을 향해 혁련휘가 고개를 끄덕이며 답했다.

"내가 익힌 아수라라는 무공을 보다 완벽하게 만들 수 있는 비법이 그곳에 남아 있거든."

천마의 마지막 무공 아수라.

그리고 그 아수라를 뛰어넘는 무공.

세 개의 단계로 되어 있는 그 관문을 혁련휘는 두 개밖에 넘지 못했다. 첫 번째에서 얻은 것이 아수라라는 무공이었고, 두 번째 관문의 대가로 파멸혼을 가질 수 있었다.

신도율은 당시 첫 번째 관문만 통과했었고, 그 탓에 파멸혼은 손에 넣지 못했다.

똑같이 그 관문을 넘어서려 했던 시기의 두 사람을 비교한다면 혁련휘가 월등했지만 지금은 다르다. 신도율이 그 관문을 넘어섰을 때로부터 지금까지 많은 시간이 지난 탓이다.

몇 년의 여유만 있다면 혁련휘는 결국 신도율을 뛰어넘을 수 있을 것이다.

그렇지만 아쉽게도 지금 자신에게는 그런 시간이 없었다.

반년 안에 승부를 내야 했다.

그렇지 않으면 내부를 정리한 그들의 개입으로 인해 변방을 지키고 있는 마교의 무인들이 전멸하게 될 테니까.

그런 상황에 신도율을 뛰어넘을 수 있는 비책은 바로 이거 하나뿐이었다.

당시에 해내지 못한 마지막 단계를 넘어서는 것.

그것만이 단기간 안에 신도율을 이길 힘을 지닐 수 있는 방법이다.

비설이 걱정이 됐는지 조심스레 물었다.

"자하도에는 혼자 들어가실 생각이세요?"

"아니, 그곳은 아무리 나라도 만만한 곳이 아니라서. 가능하면 다들 함께해 줬으면 좋겠는데."

자하도에는 괴물 같은 무인들이 즐비했다.

그곳에서 벌어질 경우의 수들을 줄이기 위해서는 마찬가지로 뛰어난 조력자들이 필요했다. 그랬기에 혁련휘는 이들과 함께 자하도로 들어가고자 하는 것이었다.

자하도에 함께 가자는 말에 비설이 눈을 동그랗게 뜨고 되물었다.

"저도요?"

"바깥에서 할 일이 있으면 남아도 된다. 하지만…… 된다면 함께하고 싶군."

다시는 비설과 헤어지고 싶지 않은 혁련휘의 진심이 묻어나는 목소리.

그리고 그건 그녀도 마찬가지였다.

비설이 당연하다는 듯 고개를 끄덕였다.

"준비는 어차피 제 사부님이 하시는 건데요 뭘. 그냥 자하도는 아무도 들어갈 수 없는 전설의 장소라 알려져 있는데 제가 갈 수 있는 건가 해서 물어본 거예요. 방법만 있다면 전 형님과 함께하고 싶어요."

"고맙다."

자하도는 그 누구도 침입을 허하지 않는 장소.

그렇지만 혁련휘는 그곳에 들어가는 방법도, 반대로 나오는 방법도 알고 있었다.

이미 한번 경험해 봤으니까.

신도율이 다시금 자하도에 욕심을 내지 못하는 이유는 단 하나였다. 혁련휘와는 달리, 애초에 그곳에서 태어나고 자란 그로서는 자하도를 나오는 방법은 운 좋게 알았어도, 다시 그곳으로 들어가는 법을 몰랐기 때문이다.

오로지 혁련휘만이 그 두 가지 모두를 알고 있었다.

혁련휘의 말에 당연히 환야와 달치는 고개를 끄덕였다.

그들에게 자하도는 고향이었고, 또한 혁련휘가 염려하고 있는 부분에 대해서 잘 알고 있기 때문이다.

자하도가 어떤 곳인지 잘 아는 둘은 혁련휘를 도울 수 있는 최고의 적임자들이었다.

그런 그들의 모습에 부의민이 벽에 기대며 말했다.

"살아생전에 자하도에 다 가게 생겼네. 다들 가는 분위기니 저도 어쩔 수 없이……."

"그럴 필요 없어."

부의민의 말을 자른 혁련휘가 그를 바라보며 이야기를 이었다.

"부의민 넌 날 따라오지 말고 따로 해야 할 게 있거든."

스멀스멀 밀려오는 알 수 없는 불안감에 부의민이 떨떠름한 목소리로 물었다.

"하아, 뭔가 느낌이 안 좋은데요. 제가 따로 해야 할 일이 뭡니까?"

부의민의 질문에 혁련휘가 답했다.

"우리 편으로 설득해야 할 세력이 하나 있는데, 그걸 네가 해야겠어."

"설득해야 할 세력이요? 중요한 자들입니까?"

"물론. 그들을 설득하느냐 마느냐가 이번 싸움의 승자를 바꿀 수도 있을 정도니까."

"그게 누굽니까?"

그런 세력이 있느냐는 듯한 부의민의 질문에 혁련휘가 천천히 입을 열었다.

"북해빙궁."

*　　*　　*

마교 내성의 외곽 지역.

늦은 밤 순찰을 돌고 있는 무인들의 얼굴에는 피곤함이 역력했다. 다섯 명이 한 조로 움직이는 그들은 인적조차 드문 시간에도 쉼 없이 곳곳을 확인해야만 했다.

결국 그중 하나가 불만스러운 소리를 토해 냈다.

"아니, 이런 야간 경비를 시킬 거면 교대로라도 시키던가! 며칠째 이게 무슨 짓이야?"

신도율이 마교를 접수한 이후 내부의 경비는 한층 삼엄해졌다. 아무래도 불순한 세력들을 뿌리 뽑아야 하는 신도율의 입장에서는 그럴 수밖에 없는 선택이었다.

그렇지만 그로 인해 죽어나는 건 하급 무사들이었다.

경비를 맡고 있는 이들은 하루도 빠짐없이 해가 뜨기 직전까지 마교 내부를 돌아다녀야만 했다.

잠을 제대로 자지 못하는 상황에 그들의 짜증이 폭발하

는 건 당연했다.

하지만 그들과 같은 하급 무사들이 할 수 있는 거라고는 이렇게 조용한 곳에서 욕설을 하는 것이 전부였다.

그들이 어찌하기에 신도율은 너무나 높은 위치에 있었으니까.

아무도 듣는 사람이 없어서인지 다른 한 명의 무인 또한 목소리를 높였다.

"지은 죄가 오죽 많으면 이리 순찰을 돌리겠냐."

"망할. 죄는 그놈이 지었는데 벌은 왜 우리가 받냐 이거지."

투덜거리면서도 자신들의 임무를 계속해 나가던 그들이 이내 마지막 목적지인 내성의 성벽을 확인하기 위해 움직이던 중이었다.

쏟아져 내리는 달빛을 마주한 채로 누군가가 성벽 위에서 있는 모습이 눈에 들어왔다.

그걸 확인한 다섯 명의 무인들 중 하나가 황급히 창을 뽑아 들며 소리쳤다.

"누구냐!"

"……."

돌아오는 대답은 없었다.

대답이 없자 이내 다른 무인이 말을 이었다.

"정체를 밝히지 않으면 체포하겠다."

몸을 돌린 채로 높은 곳에 서 있던 그 정체불명의 인물은 체포하겠다는 경고에 천천히 몸을 돌렸다.

그 순간…….

담장 아래에서 창을 들고 서 있던 무인들은 상대의 얼굴을 확인하는 순간 사색이 되고야 말았다.

너무나 익숙한 얼굴.

그렇지만 이곳에 있어선 안 될 사람이 그곳에 자리하고 있었으니까.

혁무조, 그가 달빛을 받으며 그곳에 자리하고 있었다. 그 모습을 본 다섯 무인들의 얼굴은 사색이 되고야 말았다.

죽었어야 할 그가 어떻게 이곳에 있단 말인가.

놀란 무인들 중 하나가 악에 찬 듯 소리쳤다.

"귀, 귀신이다!"

그 말을 들은 혁무조의 형상을 한 그 무엇인가가 슬쩍 미소를 지어 보이더니 이내 몸을 돌리고 반대편 성벽 아래로 훌쩍 뛰어내렸다.

너무도 놀란 그들은 사라진 혁무조의 신형을 쫓을 생각조차 하지 못했고 그 자리에 딱딱하게 굳어 버렸다.

죽은 사람을 다시 본 것만으로도 소름이 돋는데 그 대상이 다른 이도 아닌 혁무조라니…….

천하를 쥐락펴락했던 그다.

무인 중 하나가 떨리는 목소리로 더듬거렸다.

"지, 지금 본 게 뭐야? 정말 우리가 유령이라도……."

"미친! 그림자가 있는 걸 똑똑히 봤다고. 설마 애초에 안 돌아가셨던 거 아냐?"

너무나 똑같았던 그 모습은 정말로 혁무조가 살아 돌아온 것만 같은 생각이 들게 만들기 충분했다.

놀란 얼굴로 덜덜 떨던 그들이 서로의 얼굴을 확인하다 고개를 끄덕였다.

이건 자신들이 판단할 문제가 아니다.

놀란 얼굴은 한 채 그들은 자신들이 본 상황을 상부에 알리기 위해 달려가기 시작했다.

그리고 허겁지겁 달려가는 그들을 바라보는 하나의 눈.

멀찍한 곳에 몸을 감추고 있던 누군가가 슬며시 모습을 드러냈다.

완벽하게 혁무조의 얼굴을 하고 있던 그자의 얼굴이 서서히 변하기 시작했다.

그리고 이내 나타난 건 혁무조가 아닌 그의 호위 무사인 무명이었다.

가장 가까이에서 오랫동안 보아 왔던 무명이었기에 그는

가장 완벽하게 혁무조를 연기할 수 있는 인물이기도 했다.

거기다 만약의 경우 혁무조를 대신해야 하는 임무도 맡았던 무명은 그로 완벽하게 역용술을 펼치는 것도 가능했다.

무명에겐 혁무조로 변하는 건 일도 아니었다.

도망치는 다섯 명의 무인들을 바라보던 무명이 천천히 몸을 돌렸다.

몸을 돌리는 그 짧은 순간에 무명의 얼굴은 다시금 혁무조로 변해 있었다.

혁무조의 얼굴을 한 무명이 걸음을 옮기기 시작했다.

아직 밤은 길고, 가야 할 곳은 많았으니까.

4장. 격동

— 왜 접니까

며칠째 부의민의 머리는 복잡했다.

그는 자신의 머리를 마구 헝클어뜨리며 깊은 한숨을 내쉬었다.

"하아, 미치겠네. 정말."

이 모든 고민의 시작은 다름 아닌 며칠 전 달치가 돌아온 그 날 혁련휘의 입에서 나온 하나의 단어 때문이었다.

북해빙궁.

그 이름이 가지는 무게감은 보통이 아니었다.

새외를 대표 하는 네 개의 세력 중 하나인 북해빙궁은 그들 중 가장 강한 힘을 지닌 이들이다. 천년만년 눈이 덮여 있는 천산에 위치한 그들은 음한지기가 가득한 무공을 지녔다.

그리고 북해빙궁은 변방을 넘어 마교를 공격해 온 나머지 세 개의 세력과는 달리 유일하게 지금까지 움직이지 않는 이들이었다.

그들은 마교에 미치지 못한 힘을 지니긴 했지만 실질적인 새외의 지배자라 보아도 무방한 이들. 그런 그들을 설득하라는 명령이 지금 부의민의 골치를 아프게 했다.

부의민이 나지막이 그들의 이름을 읊조렸다.

"북해빙궁이라……."

북해빙궁은 거리도 제법 멀기도 했지만, 문제는 다른 쪽에 있었다.

그들은 외인의 등장을 반기지 않는 무척이나 폐쇄적인 성향을 지녔다는 거다.

그런 그들을 설득하는 일이라니…… 결코 쉬울 리가 없었다.

밤이라 한결 시원해진 바람을 맞으며 부의민은 나무에 몸을 기댔다.

사실 지금 부의민은 무척이나 두려웠다.

이유는 하나였다.

혁련휘에게서 받은 그 임무를 자신이 성공시키지 못할까

봐.

혁련휘의 말대로라면 북해빙궁을 설득하는 건 이번 싸움의 승자를 바꿀 정도로 중요한 일이 될 게 분명했다. 그리고 그런 중차대한 일을 자신이 맡게 된 것이다.

한마디로 자신이 이번 일을 성공시키느냐 마느냐에 따라 많은 이들의 운명이 바뀔 거라는 걸 의미했다. 그 안에는 자신이 아는 수많은 이들이, 또 힘없는 많은 사람들도 존재할 것이다.

수십만 명의 목숨을 좌지우지하게 될 그런 임무를 떠안는다는 건 간단한 각오로 될 수 있는 그런 게 아니었다.

그 임무를 부여 받은 후 며칠 동안 제대로 잠도 못자고 전전긍긍할 정도로 부의민은 요새 머리가 아파 왔다.

늦은 밤까지 혼자만의 고민에 빠져 있는 부의민의 뒤편으로 누군가가 모습을 드러냈다.

그에게 이토록 깊은 고민을 안겨 준 당사자인 혁련휘였다.

모습을 드러낸 그가 아직까지 자신의 존재를 알아차리지 못하고 있는 부의민을 향해 입을 열었다.

"방에 안 보여서 어디 있나 했더니 이런 곳에 있었군."

들려온 혁련휘의 목소리에 부의민은 황급히 몸을 돌려 뒤편을 바라봤다. 포권을 취했던 그가 곧 웃는 얼굴로 말을 받았다.
"날이 더워서 그런지 영 잠이 안 와서요."
태연하게 말하는 부의민을 물끄러미 바라보던 혁련휘가 천천히 대답했다.
"겁이 나서는 아니고?"
"……."
혁련휘의 그 한마디에 움찔했던 부의민의 얼굴이 일순간 굳어졌다. 그렇지만 곧 그는 다시금 히죽거리며 말했다.
"그걸 어떻게 아셨습니까? 혹시 제 얼굴에 무섭다고 쓰여 있기라도 합니까?"
"그냥 그래 보여서."
"하아, 귀신이 따로 없으시다니까."
졌다는 듯이 손사래를 치던 부의민이 이내 천천히 시선을 돌렸다.
거처를 내려다볼 수 있는 곳에 있었기에 모두가 머무르는 곳을 한눈에 확인할 수 있었다.
그곳을 말없이 내려다보던 부의민의 얼굴에서 미소가 사라졌다.
그의 얼굴엔 어느샌가 진지함만이 가득했다.
부의민이 입을 열었다.
"……무섭습니다. 아주 많이요."

지키고 싶은 사람들. 그렇지만 자신이 실패한다면 그 모두를 잃게 될 것이다. 그런 부담감이 계속해서 그를 짓눌렀다.

부의민이 입술을 꽉 깨물고 있다 천천히 말을 이었다.

“북해빙궁에 갔다가 죽는 거 이런 건 정말로 하나도 안 무섭습니다. 몇 번이고 죽어도 상관없지요. 제가 죽는 건 정말로 하나도 안 무서운데…….”

“그런데?”

“……제가 실패할까 봐 그게 무섭습니다. 저 때문에 이곳에 있는 그 녀석들이, 그리고 강호를 살아가는 수많은 사람들이 다쳐야 할지도 모른다는 사실이 너무나 무섭습니다.”

말을 내뱉는 부의민은 주먹을 꽉 움켜쥐었다.

이런 겁을 내고 싶지는 않았다.

그렇지만 너무나 큰 책임감에 평소답지 않게 겁을 먹고야 만 것이다.

그런 그를 향해 말없이 혁련휘가 시선을 주고 있을 때, 부의민이 물었다.

“하나 여쭤 봐도 됩니까?”

“뭘?”

“왜…… 접니까?”

사실 부의민은 이해가 잘 가지 않았다.

자신의 무력은 혁련휘의 일행들 중에서 가장 낮았다.

비설과 환야, 달치. 그 세 명 모두 자신과는 비견도 되지 않을 정도로 뛰어난 능력들을 지녔다.

달치야 이런 임무에 적합하지 않으니 그렇다 쳐도 비설이나 환야, 두 사람 중 그 누구라도 자신보다는 낫다 판단됐다.

그런데 혁련휘의 선택은 그 두 사람이 아닌 자신이었다.

대체 왜?

부의민은 며칠 동안 계속해서 고민했다.

그렇지만 도저히 이 질문에 대한 답을 찾아낼 수가 없었다.

대답을 찾지 못해 던진 그의 질문에 혁련휘는 일언지하 망설임도 없이 대답했다.

"네가 적임자니까."

돌아온 혁련휘의 대답에 부의민은 당황한 표정을 지어 보였다. 그러고는 이해가 안 간다는 듯 다시금 말했다.

"제가요? 하지만 저보다는 비설이나 환야의 실력이 훨씬 더……."

"무공은 그들이 더 낫겠지. 하지만 북해빙궁을 설득하는 데는 그 둘보다 네가 낫다 생각한다. 그리고 그건 지금도 마찬가지고."

부의민의 옆에 서 있던 혁련휘가 팔짱을 낀 채로 나무에 기대어 섰다.

그러고는 자신을 향해 시선을 주고 있는 그를 향해 말을 이어 나갔다.

"이번 임무에 중요한 게 뭘까? 무공?"

혁련휘는 스스로 말을 내뱉고는 곧 고개를 저었다. 자신이 내뱉은 말처럼 지금 북해빙궁을 설득하는 데 필요한 건 무공이 아니다.

"우린 북해빙궁을 무너트리러 가는 게 아냐. 우리를 돕도록 그들에게 협조를 요청하려 하는 거지."

"알고 있습니다."

"그런 일에 무공이 과연 필요할까?"

"……중요하지는 않겠지요."

"맞아. 그리고 더 중요한 거 하나. 북해빙궁이 과연 우리를 그냥 도울까?"

"그럴 리는 없겠죠. 북해빙궁이 저희와 무슨 인연이 있다고 피해를 감수하면서 돕겠습니까."

"맞아, 바로 그거야. 그래서 바로 이 임무의 적임자가 너라는 거다."

혁련휘는 이곳으로 온 이후부터 오랜 시간 동안 비파월

을 통해 계속해서 뭔가를 조사해 왔다.

그가 조사했던 건 다름 아닌 북해빙궁과 신도율과의 관계였다.

혹시나 그 둘이 손을 잡은 것이 아닌가를 중점적으로 해서 계속해서 북해빙궁을 조사했었다.

그 덕에 혁련휘는 북해빙궁이 다른 새외 세력들과는 달리 신도율과 거래를 하지 않았다는 사실을 알 수 있었다.

물론 신도율이 북해빙궁에 손을 뻗치지 않았을 리가 없다.

새외 세력을 모두 움직이고자 했던 그가 개중에 가장 큰 힘을 지닌 북해빙궁을 가만히 놔뒀을 리가 없지 않은가.

실제로 신도율은 북해빙궁과도 동맹을 맺으려 했다.

그렇지만 신도율은 북해빙궁과의 관계를 다지는 것에 실패를 하고야 말았다.

그 이유는 바로 다른 새외 세력들과의 거래를 유지하기 위해서였다.

신도율의 말대로 다른 새외 세력들이 움직여 준 이유.

그건 바로 중원과의 교역권 때문이었다.

새외의 세력들은 근근이 중원과 거래를 해 오긴 했지만 그건 일부에 불과했다.

그리고 그 또한 마교의 간섭이 들어온다면 불가능해지는

상황.

오랜 시간 새외 세력들은 자신들이 지닌 것들을 중원에 팔고자 했다.

그렇지만 그걸 마교가 막았던 것이고.

그 모든 걸 풀어 주겠다는 것이 바로 신도율이 그들에게 내건 조건이었다.

물론 그 외에도 부가적으로 내부적인 문제들을 해결해 주기도 하고, 또한 마교가 지녔던 땅의 일부를 주기로도 약속했다.

북해빙궁은 그걸 그리 탐탁지 않게 여겼다.

눈 덮인 천산 높은 곳에 자리하고 있는 그들의 입장상 다른 새외 세력과 경쟁하기에는 지리적으로도 너무 이점이 적었고, 또한 중원으로 들어서는 길목 자체가 달랐다.

똑같은 조건이라 할지언정 결국 북해빙궁이 얻을 수 있는 건 수박 겉핥기식밖에 되지 않을 거라 여겼던 것이다.

굳이 그런 싸움에 자신들은 끼고 싶지 않다며 북해빙궁은 신도율의 청을 거절했다.

신도율 또한 그런 북해빙궁의 비위를 맞추고자 다른 새외 세력과 척을 질 필요가 없다 여긴 탓에 그들을 포섭하는 건 포기한 상황.

그 틈을 혁련휘는 파고들고자 했다.

혁련휘가 말을 이었다.
"지금 마교에서 가장 많은 힘을 지닌 게 누구라 생각하지?"
"그거야 당연히 교주님이시죠."
"맞아. 그럼 나 다음에는?"
"교주님 다음이라면……."
부의민은 머리를 긁적거렸다.
지금 같은 상황에 딱히 이인자로 부를 만한 자가 있나 하는 의문 때문이었다. 그 순간 혁련휘가 손가락으로 부의민을 가리키며 말했다.
"바로 너다."
"……예?"
생각지도 못한 말에 부의민은 당황한 표정을 지어 보였다.
그리고 그런 그의 의문을 풀어 주기라도 하려는 듯이 곧바로 혁련휘가 말했다.
"잊었어? 지금 마교에서 가장 많은 병력을 움직이고 있는 게 누구인지를."
혁련휘의 그 한마디에 부의민은 뭔가를 깨달은 것처럼 눈을 부릅떴다.
지금 그가 하고자 하는 말의 의미를 정확하게 깨달은 탓이다.

새외 세력과의 싸움을 위해 변방에 모여 있는 오만이 넘는 무인들. 그들은 모두 군룡회라는 이름 아래에 뭉쳐 있었고, 지금 그곳의 회주는 다름 아닌 부의민이었다.

그리고 마교에 반란이 일어나 뒤집어진 지금 교주인 혁련휘가 움직일 수 있는 건 군룡회 소속의 무인들뿐이었다.

한마디로 지금 군룡회야말로 마교의 모든 것이라는 뜻이기도 했다.

그제야 부의민은 혁련휘의 생각 한 자락을 본 것만 같았다.

부의민이 놀란 얼굴로 물었다.

"설마…… 그게 절 뽑으신 이유인 겁니까?"

"맞아. 우리가 북해빙궁을 움직이기 위해서는 뭔가를 내줘야지. 그렇다면 최소한 그것에 대해 책임질 수 있는 힘을 지닌 자가 그곳에 가야 해. 하지만 난 갈 수 없어. 그렇다면 답은 나온 것 아닌가?"

북해빙궁 또한 지금의 마교 사정을 모르지는 않을 터.

마교의 남은 모든 병력을 이끄는 군룡회의 회주가 직접 온다는 건 그들에게도 결코 가볍지 않을 것이다.

폐쇄적인 북해빙궁이 스스로 문을 열고 맞이하게 하는 건 이름뿐인 직책만이 존재하는 비설이나 환야가 할 수 없는 일.

오로지 마교의 모든 병력을 움직이고 있는 부의민만이 가능했다.

혁련휘가 자신을 선택한 이유를 여실히 알게 된 그는 말없이 그곳에 선 채로 많은 생각에 잠겨 있었다.

실력이 가장 떨어지는 자신이 이 같은 임무를 부여받게 됐다는 점에서도 적잖이 신경이 쓰였던 부의민이다.

그렇지만 혁련휘의 말을 들으니 왜 자신이 선택되었는지 정확히 이해할 수 있었다.

그 덕분인지 부의민의 마음은 한결 편안해지기 시작했다.

자신의 자리가 아니라고만 생각했다.

그런데 그 누구보다 자신만이 할 수 있는 일이라는 걸 알게 되자 마음가짐에도 자그마한 변화가 일기 시작한 것이다.

그리고 그 자그마한 생각의 변화는 곧 자신감과, 책임감을 불러오고 있었다.

그런 그를 향해 혁련휘가 퍼뜩 생각났다는 듯 말했다.

"아 참, 그리고 하나 더."

"다른 이유도 있습니까?"

물어 오는 부의민을 향해 고개를 끄덕인 그가 곧바로 말했다.

“네 말대로 무공은 우리 중에 제일 약하지만, 반대로 제일 잘하는 것도 있잖아.”

“그게 뭡니까?”

잘하는 게 있다는 말에 부의민이 그게 뭐냐는 듯 궁금해하며 물었다.

그리고 그를 향해 혁련휘가 무표정한 얼굴로 대답했다.

“사람 열 받게 하는 거.”

“……농담이시죠?”

“아니, 당해 봐서 누구보다 잘 알거든. 분명 넌 그쪽엔 천부적인 재질이 있어.”

대공자라는 정체를 알기 전까지 부의민이 계속해서 속을 긁고 괴롭혔던 걸 떠올리며 내뱉은 혁련휘의 말에 부의민은 어색한 미소를 지어 보였다.

맘에 안 든다며 혁련휘와 비설을 들들 볶아 대던 자신의 모습이 그라고 생각나지 않을 리 없었으니까.

애써 모르는 척하는 부의민을 향해 혁련휘가 말했다.

“그러니까 해 봐. 그 북해의 얼음덩어리 같은 놈들을 잔뜩 열 받게 해서 활활 타오르게 만들어.”

“……입으로 열 받게 하는 거면 자신 있죠.”

혁련휘의 말에 부의민이 히죽 웃으며 대답했다.

그런 그를 바라보며 혁련휘가 입을 열었다.

"계획이 틀어져도 상관없어. 그렇게 되면 또 다른 작전을 준비하면 그만이니까."

계획이 틀어지면 차선책을 준비하면 된다 하고 있었지만 그 이야기를 하는 혁련휘나, 듣고 있는 부의민도 알고 있었다.

차선책을 찾는 게 결코 쉽지 않다는 사실을.

그저, 이번 임무에 부담감을 가지는 부의민이 편안한 마음을 가질 수 있도록 이 같은 말을 하고 있는 것뿐이다.

그런 혁련휘의 마음을 알아서인지 부의민은 웃는 얼굴로 고개를 끄덕였다.

차선책을 준비할 테니 걱정 말라는 혁련휘의 말도, 이 일의 진짜 적임자가 자신이라는 사실 또한 부의민에게는 커다란 힘이 되고 있었다.

아까까지의 망설이던 그는 이미 이곳에 없었다.

평소의 자신만만한 표정을 지어 보이는 부의민을 향해 혁련휘가 말했다.

"널 선택한 것은 나다. 그러니까 부의민 넌…… 네가 할 수 있는 한도 내에서 마음껏 날뛰고 와. 책임은 내가 진다."

뒤는 자신이 책임질 테니 하고 싶은 대로 하고 오라는 그 말.

부의민이 크게 고개를 끄덕였다.

"예, 교주님."

그 한마디에 부의민은 알 수 없는 자신감이 치솟았다.

*　　*　　*

마교 본성이 발칵 뒤집혔다.

혁무조의 모습을 봤다는 이들이 내성과 외성 곳곳에서 나타났기 때문이다. 죽었다고 알려진 전대 교주와 너무도 똑같은 모습.

특유의 표정과 가벼운 몸짓조차도 완벽하게 구현해 낸 무명의 활약 덕분에 사람들의 혼란은 무척이나 거세게 내부를 휘몰아쳤다.

가뜩이나 신도율이라는 존재가 마교를 장악했다는 사실이 못내 탐탁지 않은 이들이 많은 상황. 당연히 이 같은 일에 대한 이야기는 더더욱 살이 붙어 퍼져 나갈 수밖에 없었다.

죽은 그가 신도율을 죽이기 위해 돌아왔다는 것에서부터 시작하여, 사실은 혁무조가 살아 있다는 사실까지.

마교가 뒤집어졌을 정도의 소란에 내부가 흔들리고 있는

이런 상황을 신도율이 모를 리는 없었다. 그는 연달아 쏟아져 들어온 이 같은 소식에 불편한 표정을 지은 채로 자리했다.

날아드는 보고서를 하나씩 확인하던 그가 결국 참지 못하고 주먹으로 의자를 내려쳤다.

쾅!

주변을 울리는 소리에 대전에 모여 있던 수십 명의 무인들이 움찔했다.

신도율은 이를 부득부득 갈았다.

"혁무조라니! 이게 무슨 시답지도 않은 소리인가! 죽은 놈이 살아서 나타났다니!"

시신까지 눈으로 확인하지는 못했지만 분명 살 수 없는 치명상을 입었다.

아무리 혁무조가 괴물 같은 자라고 할지언정 살아 있다는 건 불가능하다.

신도율은 아래에 있는 이들을 이글거리는 눈동자로 응시했다.

이곳에 모여 있던 칠대천의 수장들과, 나름 마교 내에서 힘깨나 쓰는 단체들의 우두머리들은 그런 그의 모습에 저절로 시선을 피했다.

교주의 자리에 오른 지 그리 오래되진 않았지만 신도율

이라는 인물에 대해 어느 정도 파악을 끝마치기에 충분할 정도의 시간이 흘렀다.

그는 무척이나 위험한 인물이었다.

신도율이 자리에서 벌떡 일어나 손에 든 보고서들을 휙 하고 뿌렸다.

나풀거리며 바닥으로 떨어져 내리는 수십 장의 보고서들.

그것들은 모두 요사이 혁무조로 보이는 누군가가 나타난 장소들에 대한 보고였다.

신도율은 분노에 물든 새빨개진 눈동자로 그들을 천천히 바라봤다.

'아직 내부에 내 권위에 도전하는 놈들이 남아 있다는 소리인데.'

모습을 드러낸 혁무조가 가짜임을 확신하고 있는 신도율의 입장에서는 당연히 지금 이 같은 귀신 소동이 탐탁지 않은 건 당연했다.

뭔가를 노리고 내부에서 누군가가 움직인 것이 분명한 상황.

'……누구냐.'

하나하나씩 매섭게 쏘아보았지만 당장에 의심이 갈 만한 자는 딱히 보이지 않았다. 그랬기에 신도율은 아래에 있는 우치를 불렀다.

"우치."

"예, 교주님!"

우치가 커다란 덩치로 사람들 사이에서 성큼 걸어 나왔다.

그를 내려다보며 신도율이 명령을 내렸다.

"지금 즉시 인원을 소집해서 다시는 그 가짜가 귀신 흉내를 내며 내부를 어지럽히지 못하게 경비를 강화하도록 해."

"알겠습니다."

"그리고 고경천."

우치가 뒤로 물러나는 순간 신도율은 또 다른 수하인 고경천의 이름을 말했고, 마찬가지로 이 자리에 함께하고 있던 그가 앞으로 나서며 무릎을 꿇었다.

"하명하시지요."

그런 고경천을 향해 신도율이 살기 어린 목소리로 말했다.

"지금 이 순간부로 혁무조의 이름을 입에 올리며 쓸데없는 소문을 퍼트리는 놈들을 모조리 잡아서 신분 고하를 막론하고 목을 치도록."

"그러지요."

고경천이 담담하게 말을 하는 순간이었다.

말을 듣고 있던 십장로 중 한 명인 강여구가 놀란 듯이 앞으로 나섰다.

"교주님! 그것은 아니 될 소리이십니다."

"어째서지?"

"소문을 퍼트리는 이들 중에는 무공도 모르는 그저 마교 소속으로 살아가는 평범한 이들이 대부분입니다. 그들을 잡아서 죽인다는 건……."

"그런데?"

"……."

마치 뭐가 문제냐는 듯이 되묻는 신도율의 어투에 강여구는 당황한 듯 입을 닫을 수밖에 없었다.

그런 그를 향해 신도율이 오히려 기가 차다는 듯 말을 받았다.

"강 장로가 뭘 모르는군. 소문이라는 게 원래 그런 무지렁이 같은 작자들에게서부터 시작되는 법이야. 그리고 그런 멍청한 놈들의 입에서 퍼져 나간 헛소리들이 결국 현명한 이들의 눈과 귀를 멀게 하지. 더 소란이 커지기 전에 싹은 잘라야 맞아. 하물며 아무짝에도 쓸모없는 놈들이라면 더더욱 죽이는 데 문제 될 게 있나?"

"하, 하오나."

"됐고, 명령대로 진행해."

듣기 싫다는 듯 신도율이 말을 잘랐다.

애초부터 강여구가 아니라 다른 누가 반대의 뜻을 내비쳤다 한들 자신이 정한 바를 밀고 나갔을 그다. 그랬기에 더는 듣고 싶은 생각도 없다는 듯이 자신의 원래 계획대로 밀어붙인 것이다.

그런 신도율의 모습에 강여구를 비롯한 많은 이들의 표정이 굳어졌다.

그리고 그 안에는 유영인 또한 섞여 있었다.

'……그들을 전부 죽인다고?'

혁련휘를 쫓아내고 마교를 손에 넣은 지 어느 정도 시간이 흘렀다.

이곳까지 오는 데 흘렸던 많은 피.

그렇지만 그 모든 걸 유영인은 애써 좋은 쪽으로 생각하며 감내해 왔다.

대의를 위해서 자그마한 피해는 어쩔 수 없는 것이라 여기며.

그렇게 피로 점철된 길을 걸으며 신도율과 함께한 이유는 오로지 하나였다.

힘없는 어린아이들이 행복하게 살 수 있는 그러한 세상을 만드는 것.

그리고 그러기 위해서는 절대적인 힘을 지닌 존재가 있어야 한다 여겼다.

그렇게 하여 지금 그 자리에 앉게 된 신도율.

그런데…….

처음엔 그러려니 했다.

마교를 장악하기 위해서는 어느 정도의 피해는 감수해야 한다 여겼으니까. 그런데 시간이 이토록 흐른 지금까지 신도율은 날이 갈수록 더욱 많은 피를 불러일으키고 있었다.

자신의 자리를 지키기 위해서 말이다.

과연 이것도 자신이 꿈꾸는 그 미래를 위한 한 발자국인 걸까?

조금만 더 참는다면 자신이 꿈꿔 왔던 그런 세상이 오게 될까?

'모르겠어.'

아직까지는 아무런 것도 모르겠다.

허나 유영인은 이 모든 것이 틀렸다고는 차마 생각하고 싶지 않았다. 그렇게 된다면 여태까지 자신이 걸어온 그 모든 길들이 헛된 살육에 불과했다는 말이 되어 버리니까.

그래서 믿어야만 했다.

아니, 믿고 싶었다.

지금 가는 이 길의 끝에 결국 자신이 원하던 그런 세상이 있을 거라고.

그랬기에 유영인은 또 다시금 힘없는 이들을 죽이려 드는 신도율의 행태에 그저 주먹을 꽉 쥔 채로 침묵하고 있을 수밖에 없었다.

회의는 그 이후에도 신도율의 뜻대로 진행되어져 가고 있었다.

그렇게 회의가 막바지에 도달할 무렵.

회의장 내부로 누군가의 다급한 발걸음이 들려왔다.

그리고 이내 모습을 드러낸 자는 황급히 신도율을 향해 예를 갖추고는 급한 소식을 알렸다.

"처, 천외성전(天外聖殿)에 불이 났다고 합니다."

"뭐? 불?"

신도율이 자리에서 벌떡 일어났다.

천외성전은 마교의 상징적인 장소다. 그곳은 역대 교주들의 업적을 기리는 장소로, 여태까지의 교주들에 대한 기록들이 존재하는 곳이다.

물론 그곳에 있는 모든 기록들은 필사본에 불과하지만 그 모든 것이 한자리에 모여 있고, 또한 마교 내부의 태평성대를 빌기도 하는 적지 않은 의미를 지닌 게 바로 천외성전이다.

가뜩이나 분위기가 흉흉한 이럴 때에 불이라니.

하물며 화재가 벌어진 장소가 다른 곳도 아닌 태평성대를 빌곤 하는 천외성전이라면…… 안 좋은 이야기가 흘러나올 것이 분명했다.

신도율이 황급히 물었다.

"불은 어떻게 됐지?"

"발견 즉시 불길을 잡긴 했지만…… 반 정도가 이미 타버린 후였다고 합니다."

대답을 들은 그는 침묵했다.

신도율은 직감적으로 이번 화재 사건도 결코 우연히 벌어진 게 아닐 거라는 걸 알 수 있었다.

누군가가 움직이는 게 분명한데, 그 목적을 아직 모르겠다.

'대체 노리는 게 뭐야?'

그저 단순히 자신의 권위를 더럽히려는 건지, 아니면 다른 무엇인가 꿍꿍이가 있는 건지를 알 수 없었다.

신도율은 뛰어 들어온 자에게 차가운 목소리로 명령을 전달했다.

"천외성전 인근을 완전히 봉쇄하고, 화재가 일어난 원인을 찾아. 쓸데없는 말들 나오지 않게 단속들 하고."

"그리하겠습니다."

말을 마친 수하가 곧바로 이번 일을 수습하기 위해 회의

장을 빠져나갔다.

자리에서 일어나 있던 신도율은 의자에 다시금 천천히 자신의 몸을 기대었다.

그는 자신의 입 부분을 어루만지며 섬뜩한 표정을 지어 보였다.

'감히 날 건드린다 이거지.'

그게 누구인지, 또 목적이 뭐라고 해도 상관없다.

어차피 이런 유치한 장난질에 자신이 무너지지 않을 거라 자신했으니까.

신도율은 손가락으로 의자의 손잡이 부분을 툭툭 두드렸다.

그의 눈동자가 살기와 함께 번쩍였다.

'어디 한번 마음껏 까불어 봐. 잡히는 즉시 그 목을 비틀어 버릴 테니까.'

그처럼 신도율이 매서운 기운을 흘리고 있을 때.

회의장 한쪽에 자리하고 있는 어린 소녀가 조용히 고개를 숙였다.

신도율의 기분을 더럽게 만든 이 모든 사건의 배후.

흑랑방의 방주 장유희다.

그녀의 눈동자가 남모르게 빛나고 있었다.

*　　*　　*

혁련휘의 거처.

그곳에 모여 있는 네 사람의 뒤편에는 커다란 봇짐들이 자리하고 있었다.

행색만 봐도 이들이 곧 어딘가로 떠나려 한다는 걸 알 수 있었다.

그렇게 짐을 챙긴 그들이 기다리고 있는 건 다름 아닌 이 자리에 없는 환야였다. 그리고 이내 그토록 기다렸던 환야가 거처 안에 모습을 드러냈다.

그는 혁련휘를 향해 다가와 자신이 받아 온 서찰을 건넸다.

서찰을 받은 그는 곧바로 안의 내용을 살폈다.

그리고 서찰에 적힌 내용은 혁련휘가 그토록 기다리고 있었던 소식이었다.

서찰의 내용을 꼼꼼히 확인한 그는 조용히 그걸 탁자 위에 올려 두었다.

옆에 있던 부의민이 조심스레 물었다.

"뭐랍니까?"

"……시작했다는군."

이 서찰을 보내온 건 흑랑방 방주 장유희와 함께 마교 내부를 혼란스럽게 만들고 있는 무명이었다. 그가 드디어 사건을 일으키기 시작한 것이다.

그리고 무명이 움직였다는 말은 곧 혁련휘 일행 또한 거동할 때가 되었다는 의미이기도 했다.

혁련휘가 결국 입을 열어 명령을 내렸다.

"다들 떠날 준비들 해."

"이미 다 끝내 놨는데요 뭘."

비설이 뒤편에 있는 짐들을 바라보며 씩 웃었다.

이미 이틀 전부터 오늘을 위해 모든 준비를 끝내 둔 상태다.

남은 건 육포나, 말린 과일들 정도를 챙기는 것뿐이다.

혁련휘는 고개를 끄덕이며 말했다.

"좋아, 그럼 곧바로 이동하지."

말을 마친 그가 벌떡 자리에서 일어났다. 그리고 덩달아 비설과 환야, 달치 또한 움직일 채비를 마쳤다. 오로지 부의민만이 덩그러니 그런 그들을 바라보고 있을 뿐이었다.

자하도로 가야 하는 넷과는 달리 부의민은 북해빙궁으로 향해야 했기 때문이다.

자리에서 일어난 혁련휘가 그런 그에게 입을 열었다.

"적인호가 도울 거다."

"예, 알겠습니다. 저는 따로 일행을 꾸려야 해서 내일 출

발하도록 할 예정입니다."

"그렇게 해. 자하도로 들어가게 되면 잦은 연락은 힘들 거야. 그렇지만 최대한 흑풍을 이쪽으로 보낼 테니 되는 대로 상황을 알려 줬으면 좋겠군."

"물론이죠."

고개를 끄덕이는 부의민을 잠시 바라보던 혁련휘가 이내 천천히 말했다.

"내가 돌아오는 그때까지…… 바깥을 부탁하지."

"최선을 다해 지키고 있겠습니다."

대답을 하는 부의민의 목소리에는 힘이 실려 있었다. 옆에 있던 환야가 그런 그를 향해 장난기 가득한 목소리로 놀려 댔다.

"천산은 엄청 춥다던데 고생길이 훤하네 훤해."

"자하도에 들어가는 놈한테 들을 말은 아닌 것 같은데."

아무리 북해빙궁이 있는 천산으로의 여정이 고되다 한들 그 지옥의 땅이라 불리는 자하도에 들어가는 것만 할까 하는 부의민의 반격에 환야가 한 방 맞았다는 듯이 괴로운 표정을 지어 보였다.

"끄응, 그러게. 내가 널 놀릴 때가 아니었네."

"그래도 고향인데 한 번쯤 돌아가 보는 것도 나쁘진 않잖아?"

“쩝. 그렇긴 한데…… 워낙 미치광이들이 많아서 말이야.”

입맛을 다시면서 내뱉는 환야의 말에 옆에 멀뚱멀뚱 서 있던 달치가 끼어들었다.

“달치 거기 싫다. 거기에 이상한 애들 많다.”

“네가 그중에 제일로 이상하거든?”

환야가 달치를 향해 핀잔을 주고 있는 그때였다.

혁련휘가 짧게 입을 열었다.

“가지.”

“아. 네, 대장.”

곧바로 대답한 환야가 먼저 부의민의 어깨를 툭툭 치며 말했다.

“고생해라.”

“그래. 몸조심하고.”

“네 걱정이나 해.”

환야가 픽 웃으며 부의민에게 말했다.

그가 얼마나 중요한 임무를 가지고 움직여야 하는지 잘 알고 있는 환야다. 그 일이 분명 쉽지 않을 터인데…… 이 녀석이라면 할 수 있을 거라는 믿음이 있었다.

짧은 인사를 마치고 나가는 환야의 뒤를 이어 비설 또한 그에게 말을 건넸다.

"나중에 봬요, 아저씨."

"자하도에서 교주님 보필 잘하고."

"당연하죠. 형님 옆에 딱 달라붙어 있는 거. 그게 제 최고 장기잖아요."

"오죽하겠냐."

바설의 장난스러운 말에 다시금 웃음을 흘린 부의민의 시선이 이내 달치에게로 향했다. 부의민과 시선을 마주하자 그가 성큼성큼 다가왔다.

그러고는 이내 부의민을 양팔로 덥석 끌어안았다.

달치의 두꺼운 팔에 안긴 채로 부의민이 그의 어깨를 툭툭 두드렸다.

"넌 다치지 말고."

"달치, 부의민처럼 안 약하다."

"이게……!"

부의민이 벌컥 화를 내듯이 그를 밀쳐 냈지만 얼굴에는 웃음기가 가득했다.

각자 작별 인사를 마친 그들은 힐끔 부의민을 바라보더니 이내 거처를 빠져나가 걷기 시작했다. 그리고 멀어져 가는 그들의 뒤편에는 문밖으로 걸어 나온 부의민의 모습이 드러났다.

그는 그곳에 선 채로 멀어져 가는 일행들의 뒷모습을 하염없이 바라보고 있었다.

'자하도라…….'

들어가지도, 나오지도 못한다고 알려진 비밀에 쌓인 곳.

그렇지만 그곳에서 살아왔던 이들이다. 그런 그들이었기에 다시금 무사히 돌아올 거라 믿어 의심치 않는다.

부의민은 이제 눈에 보이지도 않을 정도로 멀어진 그들이 사라진 방향을 바라보다 이내 길게 기지개를 켰다.

"하암, 그럼 나도 슬슬 채비를 해 볼까."

말을 마친 부의민은 몸을 돌려 자신의 거처를 향해 걸어가기 시작했다.

준비는 거의 다 끝내 놓은 상황.

부의민은 지금부터 늘어지게 잘 생각이었다.

북해빙궁이 자리하고 있는 천산까지의 여정은 꽤나 먼 길이었으니까.

5장. 자하도

— 돌아왔네

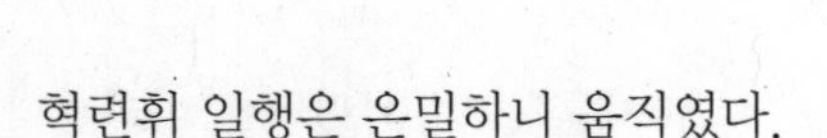

혁련휘 일행은 은밀하니 움직였다.

그들의 목적지는 자하도, 그리고 자하도는 신도율의 세력권 내에 자리하고 있는 곳이었다.

정체가 드러나서는 안 됐기에 최대한 인적이 없는 길을 통해서만 움직이던 그들은 마침내 자하도와 가장 가까운 곳에 인접해 있는 마을에 도착할 수 있었다.

죽립으로 얼굴을 가리고 객잔을 찾던 그들은 곧 비어 있는 객잔을 찾았다.

객잔 안으로 걸어 들어간 일행을 맞으러 점소이가 다가왔다. 점소이가 물었다.

"식사를 하시러 오셨습니까 아니면 숙박을 하시려고 오셨습니까?"

"둘 다 할 생각입니다. 우선 방부터 빌려서 그 안에서 식사를 하고 싶은데요."

선두에 선 환야가 이야기를 시작했고, 이내 점소이는 고개를 끄덕이며 말을 받았다.

"방은 몇 개나 필요하신지요?"

"네 개 없습니까? 아니면 세 개라도……."

"아쉽게도 저희 객잔이 그리 크지를 않아서요. 빈 방이 두 개밖에 없습니다."

"그래요?"

말을 마친 환야가 슬쩍 고개를 돌려 혁련휘를 바라봤다. 의중을 묻는 그의 모습에 혁련휘는 그저 고개를 끄덕이는 걸로 대답을 대신했다.

환야는 곧바로 점소이를 향해 입을 열었다.

"그럼 두 개 부탁하죠. 그리고 식사는 괜찮은 것들로 올려 주시면…… 아, 만두는 꼭 부탁드리죠."

환야는 식사를 주문하기 무섭게 뒤편에서 자신을 바라보는 비설의 뜨거운 시선을 느꼈는지 곧 만두는 꼭 올려 달라는 말을 전했다.

대충 이야기를 끝내자 점소이는 곧바로 잠시만 기다려

달라는 말만 전하고 주방에 먼저 뛰어갔다가 이내 다시금 모습을 드러냈다.

점소이의 안내를 받으며 이 층으로 올라서자 몇 개 되지 않는 방들이 모습을 드러냈다.

그렇게 네 명이 점소이를 따라 방 쪽에 도착했을 때다.

방을 나누는 데 있어 어떻게 해야 하나 환야가 슬쩍 혁련휘의 눈치를 살필 때였다.

혁련휘가 짧게 말했다.

"예전처럼."

"아, 그럼 저희 둘은 짐부터 풀고 한 일각 정도 후에 그 방으로 넘어가도록 하죠."

"그렇게 해."

말을 마친 혁련휘는 곧바로 문을 열고 안으로 들어섰다. 그러고는 이내 바깥에 멀뚱거리며 서 있는 비설을 향해 몸을 돌리며 물었다.

"뭐해?"

"아. 들어가요, 형님."

황급히 방 안으로 들어간 비설은 문이 닫히자 그제야 얼굴을 가리고 있던 죽립을 벗어 던졌다.

그녀는 답답했는지 손으로 얼굴에 부채질을 하며 중얼거렸다.

"죽립 쓰고 다니느라 답답해서 혼났네요."

말을 마친 그녀는 이내 객잔 방 안을 살폈다.

허름한 객잔이긴 했지만 내부는 깔끔한 편이었다. 더군다나 딱 두 개 위치하고 있는 침상을 보아하니 애초에 이인용으로 만들어진 방임이 분명했다.

비설은 혁련휘가 짐을 풀고 있는 침상 건너에 있는 자신의 자리로 다가갔다.

짐을 옆에 휙 던진 비설은 곧바로 침상에 쓰러졌다.

"하아, 이게 얼마 만이야."

매일 딱딱한 바닥에서 야영만 하다가 오랜만에 이토록 멀쩡한 장소에서 쉬게 되자 무척이나 기뻐 보였다.

그녀는 간단한 짐 정리를 마치는 혁련휘를 자리에 누운 채로 말없이 바라봤다.

그런 비설의 시선을 느낀 혁련휘가 고개를 돌려 그녀를 향해 물었다.

"왜?"

"그냥 옛날 생각나서요."

말을 내뱉은 비설이 피식 웃었다.

학관에서도, 마교 대공자 시절에도 둘은 줄곧 한방을 썼다.

비설이 예전 일들을 떠올리며 재미있다는 듯 말을 이었다.

"사실 처음 형님이랑 같은 방을 썼을 때는 오히려 별생각이 없었거든요."

"왜? 나중엔 좀 바뀌었나?"

"그럼요."

남자와 여자였지만 비설은 몇 가지 부분만 조심하면 된다고만 여겼을 뿐 크게 불편하다 생각하지 않았다.

하지만 오히려 점점 시간이 지나고, 혁련휘를 그냥 형님에서 남자로 느끼게 되면서 비설의 마음은 복잡해졌었다.

함께하는 게 좋았다.

그리고 반대로 또 이렇게 한방에서 지내는 게 쑥스럽기도 했다.

비설이 웃는 얼굴로 말했다.

"형님을 좋아하게 되면서부터 이상하게 같은 방을 쓰는 게 눈치가 보이더라고요."

"싫으면 말하지 그랬어."

"싫긴요. 오히려 좋았죠. 이렇게 좋아하는 사람하고 종일 같이 있을 수 있는데 싫을 이유가 없죠. 그냥 좋은데 쑥스러운 느낌? 그런 거 있잖아요."

말을 이어 가는 비설을 바라보던 혁련휘가 손을 뻗어 그녀의 머리를 쓰다듬었다.

그리고 그런 그의 손길을 느끼며 비설은 지그시 눈을 감고 속삭였다.

"형님의 손은 언제나 따뜻해서 기분 좋아요."

말을 마친 그녀가 눈을 뜨자, 앞에 자리하고 있던 혁련휘와 눈이 마주쳤다. 비설의 얼굴이 살짝 붉어지며 혁련휘에게 안기려는 듯 양팔을 쭉 뻗은 채로 다가가는 그때였다.

벌컥.

문이 열리며 모습을 드러내는 환야와 달치로 인해 비설은 황급히 뒤로 물러나고야 말았다. 그리고 괜스레 그쪽을 향해 불만을 토해 냈다.

"아, 깜짝이야. 아저씨, 인기척 좀 내고 들어오시라고요."

"뭐래? 바깥에서 헛기침까지 하고 들어온 건데."

기가 막힌다는 듯 말을 내뱉은 환야는 곧바로 탁자에 자리했다.

그리고 그런 그를 불만스럽게 바라보던 비설이었지만 이내 뒤따라 들어오기 시작한 음식들을 보며 그녀 또한 탁자로 움직였다.

커다란 탁자 위에 올라오기 시작한 갖가지 음식들을 보며 비설의 젓가락이 바빠지기 시작했다.

며칠 동안 제대로 된 식사를 못했던 탓에 비설과 달치는 쉼 없이 음식을 먹고 있었다.

그렇게 식사를 하던 도중 그녀가 궁금하다는 듯 말을 걸었다.

“그런데요, 형님.”

음식을 넘긴 비설의 부름에 혁련휘가 먹고 있던 소면을 내려놓으며 고개를 돌렸다.

그리고 그를 향해 비설이 물었다.

“자하도가 그리 멀지 않다고 알고 있는데 왜 이 마을에 들르신 거예요?”

하루가 급한 상황이다 보니 자하도가 있는 이곳까지 최소한의 휴식만을 취하며 이동했다. 그러던 이들이 갑자기 자하도를 목전에 두자 오히려 객잔에 자리를 잡은 것이다.

그런 행동이 비설은 선뜻 이해가 가지 않았기에 물었다.

비설의 질문에 혁련휘가 대답했다.

“이틀 동안 이 객잔에서 쉴 예정이야.”

“네? 이틀이나요?”

비설이 의아하다는 듯 묻자 혁련휘가 고개를 끄덕이며 말을 받았다.

“응, 지금은 자하도에 들어갈 수 없으니까.”

“그게 무슨…….”

“자하도는 아무 때나 들어갈 수 있는 게 아니라서 말이야.”

자하도가 아무도 드나들지 못하는 전설의 섬이 된 이유

가 무엇인가.

그 주변을 가득 채운 독기를 뿜어 대는 물 때문이다. 워낙 섬이 멀리 떨어져 있고 독기 또한 치명적인지라 경공의 고수라 할지라도 지나갈 수 없는 곳.

아무도 들어가지 못하는 그 섬에 들어가는 방법이 간단할 리가 없었다.

비설이 궁금한지 물었다.

"자하도로 들어가는 뭐 특별한 방법이라도 있나 봐요?"

비설의 질문에 혁련휘는 고개를 끄덕였다.

그러고는 이내 입을 열었다.

"……이틀이 지나야 보름달이 뜨거든."

* * *

하늘에 새하얀 보름달이 걸리는 바로 그 순간.

객잔에서 피로를 풀고 있던 혁련휘 일행이 짐을 챙긴 채로 그곳을 빠져나왔다.

그러고는 사람들의 눈길을 피해 목적지인 자하도를 향해 걸어가기 시작했다.

자하도로 가는 길은 팻말과 끈으로 막혀져 있었다.

그리고 이곳이 위험한 곳이라는 걸 알리는 주의 문구들

도 이곳저곳에 적혀져 있었다.

자하도로 점점 가까워져 올수록 사람의 흔적 또한 줄어들었다.

그럴 만도 한 것이 자하도의 주변을 감싸고 있는 물에서 풍겨져 나오는 독기가 너무나 치명적이었으니까.

무인이 아닌 보통 사람이라면 인근에 다가갈 수조차 없는 곳이 바로 자하도를 감싸고 있는 그 독기를 뿜어내는 물이다.

일명 사하(死河)라 불리는 지역.

물론 평범한 강이라고 말할 수 없는 고립된 채로 독기를 뿜어내는 물이었지만, 사람들은 그곳을 사하라 불렀다.

비설은 처음 오는 곳임에도 불구하고 자하도가 가까워졌음을 느낄 수 있었다. 밀려드는 독 기운이 그만큼 강해진 탓이다.

내공을 불러 모아 밀려오는 독기(毒氣)를 막아 내며 비설은 혀를 찼다.

"지독한데요?"

"괜히 아무나 드나들 수 없는 금지가 된 건 아니지."

환야의 대답에 비설은 고개를 끄덕였다.

이 정도의 독기라면 어지간한 무인들조차도 견디기 어려울 정도다.

나란히 걷고 있던 도중 달치가 불만스러운 표정으로 투덜거렸다.

"달치는 이 냄새 싫다."

"조금만 참아. 들어가면 나아지니까."

환야가 그런 달치에게 말을 걸고 있을 무렵.

마침내 비설의 눈에 그동안 소문으로만 들었던 사하가 모습을 드러냈다.

그리고 그 물 위에는 자욱한 안개가 피어올라 한 치 앞을 분간하기도 어려워 보였다.

물안개로 보이는 새하얀 연기.

허나 비설은 단번에 알 수 있었다.

이건 단순한 안개가 아니다.

독무(毒霧)다.

숨을 쉬는 것만으로도 폐부로 스며드는 지독한 독기를 느끼며 비설은 애써 호흡을 조절했다. 그리고 혁련휘 또한 그런 사실을 언급했다.

"여기서부터는 최대한 호흡을 줄여."

이곳에 있는 네 사람 모두 이 정도 독에 문제가 생길 수준은 훨씬 넘어서긴 했지만 생각보다 많은 양이 몸 안에 스며든다면 문제가 생길 수도 있는 노릇.

혹시 모를 일에 대비하기 위한 혁련휘의 조언에 세 사람 모두가 고개를 끄덕였다.

말을 마친 혁련휘는 사하의 길목을 따라 천천히 걸었다.

그의 눈은 마치 뭔가를 찾고 있는 듯했다.

독 안개로 가득한 주변을 두리번거리며 한참을 걷던 혁련휘의 눈동자는 물 위를 연신 살폈다.

그리고 이내 그의 눈동자에 걸린 것은 자그마한 물거품이었다.

물거품이 연달아 밀려 올라오며 터져 나가는 바로 그 장소. 그곳을 확인하는 순간 혁련휘가 발걸음을 멈췄다.

자하도에서 나온 환야와 달치였지만 두 사람 또한 들어가는 방법은 알지 못했다.

걸음을 멈춘 혁련휘의 뒤편에서 슬쩍 안개 건너를 살펴보던 환야가 물었다.

"여기가 들어가는 길입니까?"

"아마도."

말을 마친 혁련휘의 시선이 물거품이 올라가는 물 위를 잠시 바라봤다.

이내 그 물거품들이 길게 이어지는 것까지 확인하고서야 확신이 생긴 듯 고개를 끄덕였다.

그러고는 곧바로 뒤편에 있는 세 사람을 향해 몸을 돌렸다.

그가 진지한 목소리로 말했다.

"지금부터 조심해. 삐끗하면 그 순간 저 물속으로 빠지고야 말 테니까."

끝을 알 수 없는 깊이를 자랑하는 사하.

그리고 그 지독한 독기까지. 제아무리 뛰어난 무인이라 할지라도 저 물속에 빠진다면 뒷일을 장담하긴 어려웠다.

혁련휘가 곧바로 물가를 향해 한 걸음 다가가며 말을 이었다.

"내 발에 집중해. 그리고 내가 밟은 그곳을 재빠르게 밟으며 움직이고."

말을 마친 혁련휘가 갑자기 껑충 물로 뛰어들었다. 그런 그의 모습에 환야가 놀란 듯 짧게 비명을 내질렀다.

"대, 대장!"

자하도에서 살아온 환야였기에 이 물이 얼마나 위험한지에 대해 잘 알고 있는 그였다.

그랬기에 아무렇지 않게 물 위로 뛰어드는 혁련휘의 행동에 당황했는데…….

탁.

혁련휘의 몸이 물 위에 떠 있듯이 자리했다.

그가 몸을 돌려 뒤편에 있는 세 사람을 바라봤다.

놀란 얼굴로 자신을 바라보는 그들을 향해 혁련휘가 말

했다.

"따라와. 여유가 별로 없으니까 빠르게들 따라붙고. 몸을 가볍게 해서 나뭇잎을 밟고 이동하는 것처럼 경신술을 사용하도록 해."

말을 마친 혁련휘는 다시금 껑충 앞으로 뛰어올랐다. 그런 그의 모습에 다시금 환야는 기겁했지만 이번에도 혁련휘는 물 위에 둥둥 떠 있을 수 있었다.

대체 어떻게?

그렇지만 의문을 가질 여유는 없었다.

서둘러야 한다는 혁련휘의 말이 있었기 때문이다. 이해가 안 간다는 듯이 물 위를 바라보며 환야 또한 혁련휘가 밟았던 곳을 정확하게 밟았다.

물 위로 떨어져 내리는 순간까지도 바짝 긴장했던 환야다.

그런데 막상 수면 위에 도달하는 순간 발바닥을 통해 뭔가 딱딱한 느낌이 밀려들었다.

"어?"

이 물속에 뭔가가 존재했다.

돌처럼 단단하지만 그것과는 뭔가 다른…….

당황한 얼굴로 잠시 새카만 물 안쪽을 바라보던 환야의 눈동자가 꿈틀거렸다.

놀란 듯 그가 중얼거렸다.

"거북이……?"

자신이 밟고 있는 건 다름 아닌 커다란 거북이의 등껍질이었다.

그리고 그저 등껍질뿐만이 아니라 이 물속에는 살아서 꿈틀거리는 거북이가 존재했다.

이 지독한 독물 속에서 살아 있는 생명체가 있을 거라고는 상상조차 하지 못했던 일이다.

환야가 놀라고 있는 그때 혁련휘의 목소리가 들려왔다.

"환야, 놀라는 건 나중에 하고 서둘러. 잠시 숨을 고르고 이 녀석들은 다시금 사라지니까."

그제야 환야는 혁련휘가 서두르라고 한 이유를 알 수 있었다.

그가 고개를 끄덕이고 혁련휘가 밟은 곳들을 따라 황급히 움직이기 시작했다.

그리고 마찬가지로 비설과 달치 또한 경신술을 써서 몸을 깃털처럼 가볍게 만들고는 거북이 등껍질 위를 밟으며 빠르게 뒤쫓았다.

슉슉.

혁련휘는 거침없이 도약했다.

환야가 본 것처럼 지금 혁련휘는 이 물 안에 살고 있는 거북이의 등껍질을 밟으며 자하도로 들어서는 중이었다.

사하에만 사는 특별한 거북이.

이 거북이는 독물에서 오히려 영양분을 얻는 특이한 종이었다.

크기는 성인 장정 절반을 훨씬 넘을 정도로 거대했고, 당연히 그 등껍질 또한 크기가 컸다.

사하에 존재하는 이 거북이는 보름달이 뜨는 그 날만 이렇게 일사불란하게 바깥으로 잠시 모습을 드러낸다.

그리고 그 순간이 자하도로 들어갈 수 있는 기회였다.

혁련휘가 이러한 놀라운 일을 알 수 있었던 것은 사실 마교 내부에서 보게 된 비밀 서책 덕분이었다. 마교에 있는 그 누구도 찾지 않는 허름한 책 안에 담긴 비밀.

당시에 서책을 읽었던 어렸을 때는 그 말을 믿지 않았다.

거북이의 등껍질을 밟고 들어갈 수 있는 방법이 있다니?

그게 말이 되지 않는다 여겼다.

그렇지만 막상 자하도 쪽으로 도망을 친 혁련휘는 당시의 그 정보 덕분에 목숨을 부지하고 이 안으로 몸을 감출 수 있었다.

그 비밀 서책을 찾은 건 우연이라 여겼다.

하지만 이제는 알고 있다.

서책을 보게 된 그 모든 것이 사실은 숨을 거둔 혁무조의 안배였다는 사실을.

혁련휘는 거침없이 거북이 등껍질을 밟으며 자하도로 달려가고 있었다.

십수 년도 전에 걸었던 길, 그렇지만 그때의 어린아이가 아닌 당당한 사내가 되어 다시금 이 길을 걷고 있다.

그리고 홀로 도망쳐야 했던 그때와는 달리 혁련휘의 등 뒤에는 든든한 동료들이 함께했다.

비설, 환야 그리고 달치까지.

……이제는 그때처럼 혼자가 아니다.

선두에 섰던 혁련휘의 몸이 마지막으로 날아올랐고, 그 뒤를 이어 다른 셋 또한 바닥에 착지했다. 그리고 이어 안개 속에서 가만히 서 있는 혁련휘의 뒷모습이 천천히 눈에 들어오기 시작했다.

비설은 방금 전과는 달리 땅에 착지한 사실을 확인하고는 천천히 혁련휘의 등 뒤로 다가갔다.

그녀의 주변을 가득 채우고 있던 안개들이 서서히 모습을 감추기 시작했다.

안개가 사라져 가며 모습을 드러낸 새로운 세상.

넓게 펼쳐진 야생의 땅이 그녀의 눈앞에 펼쳐져 있었다.

생전 처음 보는 새카만 나뭇잎을 주렁주렁 단 나무들이 눈앞에 길게 펼쳐져 있는 이곳.

환야가 괜스레 콧잔등을 손으로 문지르며 중얼거렸다.

"여긴 여전하네."

선두에 서 있던 혁련휘가 몸을 돌려 뒤편에서 놀란 듯 주변을 바라보고 있는 비설을 향해 다가갔다.

그런 혁련휘를 향해 시선을 돌린 그녀가 조심스레 물었다.

"형님, 여기가 그곳인 거죠?"

비설의 말에 혁련휘는 고개를 끄덕였다.

오랜만에 찾아온 곳, 그렇지만 워낙 오랫동안 살아왔던 곳인지 낯선 느낌은 들지 않는다. 들어서기 무섭게 밀려드는 죽음의 감각.

그가 천천히 입을 열었다.

"맞아. 이곳이 바로…… 자하도다."

혁련휘가 돌아왔다.

까악, 까악.

돌아온 혁련휘를 반기기라도 하는 것처럼 주변에서는 까마귀 울음소리가 가득했다.

그리고 나무에 앉아 있는 까마귀를 눈으로 본 비설이 당황한 듯 중얼거렸다.

"아니, 저 까마귀는 뭐가 저리도 크데요?"

문제는 그 나무에 있는 까마귀만이 아니었다. 인근에 있는 다른 까마귀들도 바깥에서 보아 왔던 것과는 조금 달랐다.

크기도 더 컸고, 부리도 더 길었다.

소름 돋는 모습을 하고 있는 까마귀들을 보며 비설이 놀란 눈을 하고 있을 때였다. 환야가 시큰둥하니 말했다.

"저 정도로 벌써 놀라면 곤란하지. 아직 시작도 안 했는데."

자하도는 바깥세상과는 다른 생태계를 지니고 있다. 하늘을 나는 새라고 해도 자하도 바깥으로 나가는 건 쉬운 일이 아니다.

지독한 독 기운이 높은 곳까지 풍겨져 올라오기 때문이다.

저런 새들도 그 인근에 가면 독에 중독되어 곧바로 떨어져 내릴 테니까.

독기가 닿지 않는 높은 곳까지 날 수 있는 흑풍과도 같은 특별한 새들만이 자하도를 넘나들 수 있는 것이다.

자하도는 무척이나 커다란 섬이다.

그리고 이 내부에는 사람뿐만이 아니라 다양한 동물들도 존재했다.

천마가 자하도를 아무도 들어올 수 없는 금지로 만들기 이전부터 살고 있던 존재들과, 이 안으로 들어오면서 함께 대동했던 동물들의 수가 적잖아 있었기 때문이다.

처음 보는 신기한 것들에 눈이 팔리는지 비설은 연신 주변을 확인하느라 바빴다.

그렇지만 이곳에 대해 잘 아는 환야가 주의 깊게 눈여겨 본 건 지금 이 장소가 어디에 속해 있는 곳인지였다.

뒤편을 따르던 그가 혁련휘에게 물었다.

"대장, 여기 동쪽입니까?"

"맞아."

끄덕이는 혁련휘의 뒤에서 환야가 작게 한숨을 내쉬었다.

"번거롭게 됐네."

"뭐가 번거로운데요?"

"자하도는 정확하게 치면 다섯 개의 땅으로 나눠지거든. 각자의 지역마다 그들을 이끄는 수장들이 있고."

자하도는 동서남북 네 개의 지역과, 중앙까지 하여 다섯 개의 구역으로 나눠져 있다. 천마가 처음 이곳 자하도에 들어올 때부터 그는 사대마신을 대동한 상태였다.

그리고 이 자하도에서 지내게 되며 각자에게 하나씩의 구역을 준 것이 시초였다.

네 명의 마신들은 동서남북을 나눠서 가졌고, 그 중앙 부분을 지배한 것이 바로 천마였다. 그 휘하에는 각자 천여 명이 훨씬 넘는 숫자의 수하들이 있었는데 그들은 이 자하도라는 커다란 섬에 남아 평생을 이곳에서만 살아갈 수밖에 없었다.

그렇게 오랜 세월이 흘렀고, 바깥과 완전히 차단되게 된 지금 이곳 자하도는 독자적인 세력과 자신들만의 규칙들을 세우고 살아가는 곳이 되어 있었다.

그리고 개중 동쪽.

이 동쪽은 환야가 보기엔 무척이나 불편한 곳이었다. 그 이유는 하나였다.

환야가 짧게 말했다.

“여긴 여인들의 땅이거든.”

“여인들의 땅이요?”

“응, 특별한 일이 없는 이상 이곳에서 사내가 돌아다니다 발각되면 그들의 표적이 돼 버려.”

지금 자신들의 무리 중에 여인은 비설 단 하나뿐. 나머지 세 사람 모두가 이곳 자하도의 동쪽에서는 적으로 인식되는 존재였다.

비설이 궁금하다는 듯 물었다.

“어떻게 여인들만의 땅이 있을 수 있어요? 자식은요?”

“일 년에 주기적으로 정해진 시기가 있거든. 그때만 남녀가 만나게 되어 있지. 아이들은 그때 만들어져. 그리고 애가 태어나도 아들이면 삼 년 정도만 키우고 그 이후엔 남자들만 따로 모아 둔 동쪽 외곽 지역으로 보내 버리고, 여인만이 이곳에서 지내게 하거든.”

철저하게 여인들로만 구성된 세력.

그리고 자하도에 있는 대부분의 이들은 무공을 익히고 있다 봐야 옳다.

기본적으로 걸음마와 함께 무공을 배우게 되는 곳이 바로 이곳 자하도니까.

약한 자는 살아남을 수 없는 곳.

강한 자가 모든 걸 가질 수 있는 진정한 약육강식의 세상이 바로 이곳 자하도다.

환야가 주변을 두리번거리며 말을 이었다.

“여기 동쪽 지역 여자들 성격은 보통이 아니거든. 걸리면 귀찮아지니까 가능하면 피하는 게 상책이야.”

혁련휘를 비롯한 환야와 달치 셋 모두 자하도에서 오랫동안 살아왔지만 각자의 지역을 벗어나는 일은 그리 많지 않았다.

실제로 세 사람 모두 제각기 다른 지역에서 살아왔기에 만나게 된 것은 어느 정도 나이를 먹은 이후였다.

환야가 물었다.

“대장, 그러면 저희 일정은 어떻게 되는 겁니까? 곧바로 대장이 계셨던 중앙 지역으로 갈 생각이시죠?”

혁련휘가 머물렀던 곳은 천마가 다스렸던 땅인 중앙 부분이다.

동서남북 네 곳과 모두 이어져 있으며 가장 커다란 영토를 지닌 곳.

당연히 그만큼 강한 자도, 위험한 자들도 즐비한 곳이기도 했다.

물어 오는 환야의 질문에 혁련휘가 고개를 저었다.

"아니."

"예? 그럼 어디를……"

"우선 이곳의 수장을 만날 생각이야."

혁련휘의 대답에 환야가 잘못 들은 게 아니냐는 표정으로 자신의 귀를 어루만지다 되물었다.

"뭐라고 하셨습니까? 누굴 만나요?"

"동쪽의 수장을 만난다고."

다시금 돌아온 대답을 들은 환야가 기겁한 표정으로 말했다.

"굳이 동쪽의 수장을 만나실 필요가……"

"받아야 할 게 있거든. 내가 찾는 무공이 있는 그 안까지 들어가기 위해서 필요한 걸 받아야 해."

"……하아, 그럼 어쩔 수 없죠."

짧게 한숨을 내쉬긴 했지만 환야는 고개를 끄덕일 수밖에 없었다.

애초에 자하도에 온 것 자체가 천마의 마지막 무공을 얻기 위해서가 아닌가.

그걸 위해서 동쪽의 주인을 만나야 한다고 하니 그리 내키진 않지만 어떻게든 할 수밖에 없는 상황이었다.

평균적으로 자하도에 있는 이들의 무공 실력은 바깥 중원에 비해 훨씬 뛰어나다.

이곳에서는 무공이 곧 삶이었으니까.

세력의 일원으로 태어난다면 그나마 다행이지만, 이곳 자하도에는 그 어디에도 몸담지 않은 이들도 많이 존재한다.

그들은 아무런 것도 없이 스스로의 힘으로만 살아가야 한다.

환야나 달치는 그런 종류였다.

큰 세력의 일원이 아닌 야인들의 아래에서 자랐다.

덕분에 보통 자하도 사람들보다 더욱 힘들게 자라 오긴 했지만…….

그렇게 자하도를 걸어가던 중 선두에 있던 혁련휘가 갑자기 발을 멈췄다.

감각 안에 들어온 기척을 느껴서인지 그가 빠르게 뒤편을 바라보며 고갯짓을 했다.

굳이 말을 하지 않아도 네 사람은 약속이라도 한 것처럼 인근에 몸을 감추기 좋은 곳으로 뛰어들어 가 우선은 몸을 낮췄다.

숨을 죽인 채로 기다리는 그들의 앞으로 얼마 지나지 않아 몇 명의 인물들이 지나가고 있었다.

허름한 옷은 넝마에 가까웠지만 몸에서 풍겨져 나오는 날카로운 기세는 당장이라도 터져 나올 것처럼 넘실거렸다.

이곳에 들어온 이후 처음 보는 자하도의 인물들을 본 비설이 눈을 빛내며 그들을 확인했다.

한눈에 봐도 범상치 않아 보이는 이들이 주변을 두리번거리며 걸음을 옮기고 있었다. 자하도의 무인들은 전체적으로 실력이 뛰어나다 듣긴 했지만 눈으로 보니 절로 고개가 끄덕여졌다.

'처음 보는 자들이 중원으로 치자면 일류 수준의 무인들이라…….'

일류 수준의 무인을 찾는다는 건 사실 쉬운 일이 아니다.

마교 같은 곳에서 지낸 탓에 워낙 고강한 무인들을 많이 겪었을 뿐, 실제로 바깥을 돌아다니다가 일류 이상의 무인은 만날 기회는 그리 흔치 않았다.

자하도에서 살아가는 사람들을 처음 본 것도 분명 신기한 일이었지만 그보다 더욱 관심을 끄는 건 그들이 여인이 아닌 사내라는 것이었다.

분명 방금 전 환야의 말대로라면 이곳은 여인들의 땅이

고, 사내들은 쉬이 드나들 수 없는 곳이라 들었다.

그런 땅에서 가장 먼저 만난 것이 사내라니…….

비설은 그들이 멀어질 때까지 기다리다가 이내 사정거리에서 벗어난 후에야 환야를 향해 물었다.

“여인들의 땅이라고 하지 않았어요? 그런데 웬 사내들이래요?”

“아마…… 여인들을 데리러 온 거겠지.”

“여인들을요?”

“자하도 내에서 가장 여인이 많은 곳이 이곳이니까. 그래서 종종 동쪽 땅에 잠입해서 여인들을 납치해 가는 놈들이 있었거든.”

“그럼 아까 그 사람들도 그런 자들이라는 건가요?”

“아마도?”

힘이 모든 걸 정하는 세상인 자하도였기에 이곳에서 인신매매 같은 건 흔하디흔한 일이었다. 어린아이는 약하기에 보호받는 것이 아닌, 약하기에 표적이 되는 곳이니까.

그런 지옥에서 그 어떤 세력의 보호도 없이 성인이 되었다는 건 그만큼 뛰어난 능력을 지녔다는 걸 의미했다.

혁련휘나 환야, 달치처럼 말이다.

사라진 저들을 어떻게 해야 하나 잠시 고민하는 찰나 멀리에서 여인의 비명 소리가 들려왔다.

"꺄아아악!"

그리고 그 소리의 원인이 무엇인지는 굳이 대화를 나눌 필요도 없이 알 수 있었다. 비설이 빠르게 혁련휘를 바라봤다.

돕고 싶었다.

아무리 다른 세상이라고 할지언정 바깥에서 살아온 비설은 이런 말도 안 되는 일을 그냥 보고 못 본 척 넘길 수 있는 성격이 아니었으니까.

그런 비설의 시선을 마주한 혁련휘는 짧게 고개를 끄덕였다.

"가지."

말을 마친 혁련휘가 자리에서 일어나 소리가 난 방향을 향해 움직이기 시작했다.

그리고 기다렸다는 듯 비설과 다른 둘 또한 그 뒤를 쫓아 움직였다.

순식간에 소리가 들려온 쪽에 도착한 혁련휘 일행의 눈에 들어온 것은 갓 소녀티를 벗기 시작한 세 명의 여인들과, 그 입을 틀어막은 채로 밧줄로 묶고 있는 사내들이었다.

그들은 점혈한 여인들을 묶다가 갑자기 모습을 드러낸 일련의 무리를 발견하고는 화들짝 놀랐다. 그렇지만 이내 이들이 사내의 복색을 하고 있는 걸 확인하고는 안도의 한숨을 내쉬었다.

자신들이 납치하고 있는 이 어린 여인들과 같은 세력의 인물들이 도우러 나타난 줄 알고 순간적으로 놀랐던 모양이다.

사내들 중 우두머리로 추측되는 한 명이 나서며 말했다.

"그쪽도 여자를 구하러 왔나 본데 서로 좋게 갑시다. 이 셋 중 하나는 그쪽한테 줄 테니……"

밧줄로 묶고 있던 여인 중 하나를 발로 툭 밀어 넘어트리며 말을 내뱉었을 때였다.

스윽.

갑자기 목에 그어진 붉은 선.

동시에 사내의 목에서 피가 터져 나오며 뒤로 나자빠졌다. 그리고 그런 그의 뒤편에서 어느샌가 환야가 모습을 드러내고 있었다.

환야가 실소를 흘렸다.

"누굴 너희처럼 더러운 종자로 보는 거야."

"이놈이!"

뒤편에 있던 무인이 버럭 소리를 지르며 환야를 향해 달려들었다.

그의 손에 들린 커다란 검이 휘몰아쳤다.

부웅! 붕!

날아드는 검을 환야가 뒤로 슬쩍 고개를 젖히며 피해 낼 때였다.

뒤편에서 밀려오는 인기척을 환야가 느끼는 바로 그 순간이었다.

그의 귀로 익숙한 목소리가 들려왔다.

"아저씨, 움직이지 마세요."

비설이다.

그리고 동시에 환야의 뒤편에서 쏟아져 나온 수십 가닥의 검기들이 한 치의 오차도 없이 목표들을 향해 날아들었다.

파파팡!

남아 있던 다섯 명의 사내들의 몸이 커다란 폭음과 함께 나가떨어졌다.

단 일 격에 남은 인원들을 쓸어버린 비설이 빠르게 자미쌍검을 검집에 밀어 넣었다.

찰칵.

시원한 소리와 함께 모습을 감춘 자미쌍검.

그리고 그런 그녀를 향해 몸을 돌린 환야가 엄지를 치켜세우며 말했다.

"하여튼 대단하다니까."

환야의 칭찬에 비설은 슬쩍 웃어 보이고는 어린 여인들의 입을 틀어막고 있는 재갈부터 풀어 줬다. 그리고 바로 그녀들의 몸을 묶은 밧줄을 풀어 주기 시작했다.

몸을 결박하고 있는 밧줄을 풀어 주는 건 끝마쳤지만 그녀들은 전혀 움직이지 못했다.

혈도를 점혈당한 탓이다.

하지만 비설은 여인들의 점혈을 풀어주지 못했다. 그녀가 쓰러져 있는 여인들을 밧줄로부터 자유롭게 만들어 주고 있는 그사이 이미 주변으로 일련의 무리가 다가왔음을 느끼고 있던 탓이다.

자신들과 마찬가지로 여인의 비명 소리를 들은 누군가가 움직인 게 분명했다.

비설이 웃는 얼굴로 입을 열었다.

"그새 포위당한 것 같죠?"

여유 가득한 그녀의 말에 환야가 어깨를 으쓱하며 대답했다.

"뭐, 도망치거나 싸우려고 한다면야 지금도 문제는 없긴 한데 말이야."

문제는 혁련휘가 저들의 수장을 만나고 싶어 한다는 것.

그랬기에 지금 주변을 포위한 이들과 싸우거나 도망치는 건 그리 현명한 선택은 아니었다.

살기를 터트리는 어둠 속의 존재들이 맘에 안 드는지 달치가 나지막이 중얼거렸다.

"달치 준비됐다. 덤비면 싸운다."

"우선은 좀 기다려 봐. 대장의 명령부터 기다려 보자고."

싸움은 그 이후에 해도 늦지 않기에 환야는 혁련휘의 얼굴을 바라봤다.

말없이 주변을 에워싸는 이들의 기척을 느끼던 혁련휘가 짧게 말했다.

"대기."

자미쌍검에 손을 얹고 있던 비설도, 소맷자락 안에서 비수를 움켜쥐고 있던 환야도 혁련휘의 그 한마디에 천천히 손을 거뒀다.

그리고 때맞추어 주변을 포위한 인원들이 나무 사이사이에서 하나둘씩 얼굴을 드러내기 시작했다.

긴 창을 들고 얼굴에 화려한 색을 칠한 여인들.

그녀들의 창이 네 사람을 겨눈 채로 날카롭게 빛나고 있었다.

그런 여인들을 바라보며 환야가 나지막이 중얼거렸다.

"……환영인사치곤 너무 성대한 거 같은데."

6장. 동륜의 여인

— 따라와

모습을 드러낸 여인들은 창을 겨눈 채 살기 어린 시선으로 혁련휘 일행을 노려보고 있었다. 그들의 눈에는 이 모든 상황들이 그들의 짓으로 여겨졌기 때문이다.

혈도를 점혈당해 있는 여인들을 힐끔 내려다보며 비설이 중얼거렸다.

"이거 뭔가 좀 억울할 상황으로 보일 것 같지 않아요?"

"아마도 그런 모양인데."

환야는 주위를 둘러싸고 있는 여인들을 바라보며 말을 받았다.

굳이 말을 섞지 않아도 지금 이 상황을 보고 있자면 의심하기 충분했으니까.

그리고 그런 이들의 예상대로 새로 등장한 무리의 수장인 서교영이 매섭게 말을 내뱉었다.

"감히 다른 곳도 아닌 이곳에서 동륜(東倫)의 여인을 납치하려고 하다니…… 죽고 싶어 환장을 한 게로구나."

동륜은 다름 아닌 자하도 동쪽 지역을 뜻했다.

네 개의 지역은 각자 동륜, 서륜, 남륜, 북륜으로 불리며 천마가 머물렀던 가운데 땅은 천림(天林)이라 칭해졌다.

혁련휘 일행을 포위하고 있는 여인들의 숫자는 스무 명은 족히 넘어 보였다.

그럼에도 불구하고 일행들 중 그 누구도 긴장한 기색을 보이는 이는 없었다.

숫자는 상대방이 압도적일지 몰라도, 실력만으로 본다면 네 사람 모두 괴물 같은 능력들을 자랑했으니까.

팔짱을 낀 채로 상대를 응시하고 있는 혁련휘를 대신하여 환야가 나섰다.

"거 애먼 사람 잡는 거 같은데."

"애먼 사람?"

"이 여자들 납치하려고 한 건 우리가 아니거든. 오히려 우리가 구해 준 거라고."

"지금 그 말을 믿으라고?"

"정 궁금하면 여기 있는 여인들의 혈도를 풀고 물어보면 될 거 아냐."

환야가 아직까지 혈도를 점혈당한 채 쓰러져 있는 세 명의 여인들을 내려다보며 말했다.

당장에라도 손을 뻗어 혈도를 푸는 건 어려운 일이 아니다.

허나 환야는 그러지 않았다.

지금 저 여인들을 향해 손을 뻗는다면 그 이유가 무엇이 됐던 자신들을 포위한 저들이 공격해 들어올 테니까.

싸우는 건 문제 될 게 없지만, 혁련휘가 동쪽의 수장에게 뭔가를 받아야 한다고 했다. 가능하면 마찰은 피하고 싶은 게 솔직한 심정이었다.

환야의 말에 잠시 인상을 찌푸렸던 서교영이었지만 이내 그녀가 차갑게 말했다.

"그럴 필요 없어. 어차피 끌고 간 이후에 확인하면 그만."

설령 저 말이 사실이라 해도 서교영은 혁련휘 일행을 그냥 둘 생각이 없었다.

이곳은 동륜, 여인들의 땅이고 허락되지 않은 외지인들은 보이는 족족 그에 맞는 처벌을 내리는 것이 법도였으니까.

지금 한 말의 진위 여부는 잡아간 이후에 밝혀도 늦지 않다.

확고해 보이는 서교영의 말에 환야가 한숨을 푹 쉬며 대답했다.

"하아, 이거야 원. 앞뒤가 꽉 막힌 여자네. 꼭 싸워야겠어?"

"물론. 동륜에 발을 들인 대가를 치러야지. 그럴 각오도 없이 이곳에 발을 디뎠나?"

삼십 대 중반 정도 되어 보이는 서교영은 무척이나 날카로운 분위기를 뿜어냈다. 동륜에 잠입한 침입자들을 쫓는 행동 대장 격의 인물이니 그만큼 성정 또한 냉철했다.

그때 둘의 대화를 듣고만 있던 혁련휘가 입을 열었다.

"네 손에 끌려가면 동륜 수장을 만날 수 있다는 건가."

"……뭐?"

"물었잖아. 따라가면 동륜 수장을 만날 수 있냐고."

"이 미친 새끼가 그분이 누군데 네깟 놈이……."

얼굴을 붉히며 서교영이 분노를 쏟아 내는 그 찰나.

혁련휘의 기운이 휘몰아쳤다.

싸아아아.

그에게서 밀려 나온 무형의 기운이 순식간에 주변을 집어삼켰다.

갑작스럽게 터져 나온 엄청난 기운을 피부로 체감한 여인들의 손아귀에서는 흥건할 정도의 땀이 배어 나오기 시작했다.

항상 죽음을 가까이하며 살아가는 이곳 자하도.

그런 지옥과도 같은 곳에서 살아온 그녀들의 감각이 외치고 있었다.

위험하다고.

지금 눈앞에 있는 이 사내는 자신들이 감당해 낼 수 있는 수준이 아니라고 말이다. 그랬기에 서교영은 방금 전까지의 기세등등했던 모습이 거짓말이기라도 했던 것처럼 침묵했다.

자하도, 이곳은 힘이 전부인 세상이었으니까.

혁련휘의 기운을 감지한 동륜의 여인들이 모두 입을 닫고 있자, 그가 천천히 말을 이었다.

"만날 수 있다면 순순히 따라가지."

"……싫다면?"

"과정은 바뀌겠지만 결과는 똑같겠지. 너희들을 끌고 갈 생각이거든."

무덤덤한 목소리.

그렇지만 서교영은 그 말을 결코 가벼이 흘러 들을 수가 없었다. 혁련휘가 하는 말의 의미를 알 수 있었기 때문이다.

어차피 동륜에 무리 지어 사는 여인들의 거처를 찾는 건 다소 시간이 걸릴 뿐 그리 어렵지 않을 터. 좋게 안내할지,

아니면 굳이 끝을 보고 난 이후에 끌려갈 건지를 묻고 있는 것이다.

선뜻 대답하지 못하는 그녀와 동륜의 여인들을 향해 혁련휘가 말했다.

"결정 내릴 수 있게 내가 도와줘?"

말과 함께 슬쩍 손을 내려 파멸혼에 손을 얹은 그에게서 다시금 살기가 터져 나왔다.

그런 혁련휘의 모습에 서교영은 순간적으로 많은 생각을 했다.

그렇지만 답은 하나였다.

애초부터 끌고 가려 하지 않았던가.

자신들이 직접 제 발로 따라가겠다고 하는데 마다할 이유 따위는 없었다.

"……좋아, 따라와."

대답이 떨어지는 순간 혁련휘는 파멸혼에 올렸던 손을 내리며 동시에 뿜어내던 기운도 거둬들였다.

그가 싸울 의사를 거두자 서교영은 혈도를 제압당한 여인들을 향해 고갯짓했다.

그러자 뒤편에서 대기하고 있던 이들이 빠르게 그녀들을 향해 달려갔다.

내심 혁련휘가 신경 쓰이는지 지나쳐 가는 와중에도 잠

시 머뭇거리던 그녀들은 그가 아무런 행동도 취하지 않자 이내 옆을 지나쳐 갔다.

그녀들은 혈도를 제압당한 이들의 상태부터 서둘러 살폈고, 그동안 혁련휘 일행은 둥그렇게 모인 채로 이야기를 나눴다.

비설은 아까 서교영의 입에서 나온 단어가 궁금하다는 듯 혁련휘에게 물었다.

"동륜이라는 게 여기 땅을 말하는 건가 봐요?"

"응, 동서남북을 나눠서 각각 그렇게 부르고 있어."

"그런데요, 형님. 여기 동쪽의 우두머리라는 분이랑 아는 사이가 아니신 거죠?"

물어 오는 비설의 질문에 혁련휘가 고개를 끄덕였다.

그런 혁련휘를 보며 그녀가 말을 받았다.

"그럼 쉽게 목적을 이루는 건 어려울 것 같은데요."

"그렇겠지. 달란다고 쉽게 내어 줄 상대는 아닐 테니까."

동륜의 수장이라면 이곳 자하도에서는 왕과 버금가는 신분이다. 그런 이들이 호락호락하니 혁련휘의 요청을 들어줄 리가 없다.

하물며 이곳 동륜은 혁련휘나 환야, 달치 셋 모두와도 연이 없는 곳이기도 했다.

그렇게 잠시 말을 이어 가던 일행의 시선이 이내 장내를 수습하던 서교영을 향했다.

혁련휘가 입을 열었다.

"언제까지 미적거릴 생각이지?"

"다 됐어. 그곳으로 빨리 가 봤자 너희에게 좋을 것도 없을 텐데 안달은."

당장에야 혁련휘를 어찌할 수 없었지만 그곳으로 돌아간다면 이야기는 다를 거라 서교영은 생각했다. 마을에는 동륜을 대표하는 수많은 고수들이 즐비했으니 말이다.

납치될 뻔했던 어린 여인들의 혈도를 풀며 이미 방금 전에 있었던 일에 대해 전해 들은 서교영이다.

그랬기에 아까 전 환야가 말했던 것처럼 이들이 오히려 동륜의 여인들을 구했다는 사실도 알게 됐다.

서교영이 배려를 해 준다는 듯이 말했다.

"당장 동륜을 나간다면 특별히 이번만큼은 이곳을 침입한 걸 용서해 주지. 이건 내가 주는 마지막 기회야."

"됐으니까 안내나 해. 시간이 별로 없어서 말이야."

"……정 원한다면."

말을 마친 서교영은 수하들을 향해 손짓을 하며 빠르게 수풀 사이로 날렵하게 움직였다.

그녀들은 익숙한 걸음걸이로 주변을 박차며 날아올랐다.

엄청난 속도로 치고 나가는 그들의 뒤편.

혁련휘 일행 또한 어렵지 않게 그 뒤로 따라붙었다. 서교영은 선두에서 달리는 와중에도 뒤편을 힐끔힐끔 확인했다.

'네 명 모두 보통이 아니군.'

최고 속력으로 달려가고 있는데 단 한 명도 뒤처지는 이가 없다.

오히려 그 넷이 자신들의 속도에 맞추고 있다는 기분이 들 정도였다.

그런 그들을 보며 서교영은 의문이 들었다.

'대체 어디서 온 놈들이지? 남륜의 놈들인가?'

뭔가 행색이나 분위기가 생전에 보아 왔던 이들과는 조금 다른 느낌이 풍긴다. 말로 표현하기 힘든 묘한 낯섦.

그렇지만 그 기분의 정체가 뭔지는 도통 알 수가 없었다.

서교영은 연신 머리에 밀려드는 의문에 고개를 저었다.

마을로 들어서는 그 순간부터 더는 자신이 이 일에 대해 의문을 가질 필요는 없었으니까. 이후의 일은 모두 우두머리의 뜻에 따라 정해진다.

자신은 그저 따르기만 하면 그뿐.

서교영은 자신들의 거처를 향해 묵묵히 달려갔다. 그렇게 달리기 시작한 지 대략 이각가량의 시간이 지났을 무렵이었다.

커다란 철책들이 줄지어 자리한 곳 위쪽에 몇몇 여인들이 경계를 서고 있는 모습이 눈에 들어왔다.

혁련휘 일행들은 서로 얼굴을 확인하며 짧게 고개를 끄덕였다.

이곳이 동륜의 거점이 분명했다.

지키고 서 있는 무인들을 향해 빠르게 달려간 서교영이 빠르게 보고했다.

"임무 완수하고 전원 복귀한다."

"알겠습니다. 그런데 뒤편에 네 명은……?"

입구를 지키고 있던 여인은 서교영보다 아랫사람이었는지 예를 갖추며 대답을 하다 슬그머니 말꼬리를 흐렸다.

멀리에서 달려올 때부터 낯선 혁련휘 일행과 함께하고 있다는 걸 알아차렸던 것이다.

여인의 질문에 서교영은 일순 말문이 막혔다.

체포해 온 것이긴 한데, 또 그렇게 말하기에는 자신들이 직접 찾아오겠다 나선 것이었던 탓이다.

잠시 머뭇거리던 서교영이 이내 대답했다.

"포로다."

"포로? 대장, 저희가 포로랍니다."

뒤편에서 딴청을 부리고 서 있던 환야가 기가 차다는 듯 말했다.

그런 그를 향해 서교영이 곁눈질을 하며 노려보았지만 그녀는 별다른 말을 하지 않았다.

짧게 보고를 마친 서교영은 모두를 이끌고 철책 너머에 자리하고 있는 마을로 들어서기 시작했다.

묵묵히 그 뒤를 쫓기 시작한 네 사람의 눈에 이내 커다란 마을의 모습이 들어왔다.

웅성웅성.

시끄러운 목소리들이 사방에서 울려 대고 있던 마을 내부에 들어서는 순간, 그 모든 소리가 거짓말이기라도 한 것처럼 사그라졌다.

뒤편에서 따라 들어오는 혁련휘 일행 때문이었다.

모두 여자로 구성된 마을의 인원들은 갑작스러운 사내들의 등장에 말없이 그들을 응시했다.

인근에 있는 수백여 명의 여인들의 차가운 시선이 자신들에게 쏠려 있는 걸 느끼며 환야는 어깨를 으쓱해 보였다.

"어휴, 이게 웬 인기래."

"저희가 인기 있는 거 같지는 않은데요."

여유 가득한 말과 함께 히죽거리는 환야를 보며 비설은 어처구니가 없다는 듯 말을 받았다.

그런 그녀를 향해 환야가 여전히 웃는 얼굴로 대답했다.

"이 뜨거운 시선이 안 느껴져?"

"그거야 저희가 싫으니까……."

"조용히들 좀 하지?"

포로로 끌려 들어오면서 연신 떠들어 대는 이들의 행태에 서교영이 짜증 섞인 목소리로 쏘아붙였다. 그녀의 신경질적인 모습에 환야는 귀를 후비는 시늉을 하며 딴청을 부려 댔다.

환야의 여유 가득한 모습에 서교영은 치밀어 오르는 화를 애써 누르며 목적지를 향해 움직였다. 그렇게 많은 여인들의 시선을 받으며 걸어가던 그들은 점점 인적이 드문 장소로 향해 가고 있었다.

그렇게 이내 그들이 도착한 그곳은 다름 아닌 커다란 건물이었다.

서교영이 건물의 문을 열었고, 이내 안의 모습이 드러났다.

당연히 그쪽으로 시선을 주고 있던 비설은 내부의 모습을 확인하고는 눈을 동그랗게 뜨고 물었다.

"저기…… 여긴 감옥 아니에요?"

창 하나 존재하지 않아 어두컴컴한 내부는 쇠창살로 막혀 있는 수십 개의 공간들이 자리했고, 덩달아 퀴퀴한 냄새까지 풍겼다.

비설의 질문에 서교영이 답했다.

"맞아. 말했잖아, 포로라고. 포로는 당연히 이런 곳에 들어가야 하는 거 아닌가?"

"에에? 저희는 이곳의 대장을 만나러 온 건데요?"

"만나겠다고 해서 그냥 바로 만나지는 그런 분인지 알았어? 우리 쪽 애들을 구해 주긴 했으니 특별히 그분에게 너희에 대한 보고는 올릴 생각이야. 하지만 내가 해 줄 수 있는 건 거기까지야. 너희를 만나 주실지 말지를 정하는 건 그분이 정해."

"그렇게 나온다면 상황이 시끄럽게 되더라도……."

이야기를 듣고 있던 환야가 끼어들 때였다.

혁련휘가 짧게 손을 들어 됐다는 듯한 신호를 보내고는 대신해서 말을 이었다.

"우선 기다리지. 그렇지만 아까 내가 한 말은 명심했으면 좋겠군. 나에겐 시간이 별로 없다는 말."

혁련휘의 한마디에 서교영은 잠시 입을 닫았다.

그리 특별할 것 없는 말투였지만 그 안에서 풍겨져 나오는 경고가 느껴져서다.

혁련휘가 하는 말의 의미를 서교영은 잘 알고 있었다. 잠시는 기다려 주지만 그 시간이 길어지면 그때는 참지 않겠다는 무언의 협박이 분명했다.

협박을 당했다는 걸 알면서도 서교영은 쉽사리 분노를 표출할 수가 없었다.

아까 전 혁련휘에게서 섬뜩함을 불러일으킬 정도의 공포를 느꼈던 탓이다.

침묵하고 있는 서교영을 대신하여 환야가 투덜거렸다.

"에이, 여기까지 와서 무슨 감옥이냐."

투덜거리긴 했지만 환야는 가장 먼저 퀴퀴한 냄새가 나는 감옥 내부로 들어섰다. 그러고는 열려 있는 쇠창살로 된 문을 통해 안쪽에 자리했다.

그런 환야의 뒤를 따라 비설과 달치, 그리고 혁련휘가 감옥 내부로 걸어 들어왔다.

당연한 이야기였지만 감옥 내부는 초라하기 그지없었다.

네 사람 모두가 감옥에 들어선 것까지 확인하자 서교영은 열려 있는 문을 걸어 잠갔다. 쇠로 된 감옥, 그렇지만 이 정도는 마음만 먹는다면 때려 부수는 건 그리 어렵지 않았다.

감옥 내부로 들어간 달치는 자신의 코를 손가락으로 짚고는 불만을 토해 냈다.

"달치 여기 냄새 싫다."

"조금만 참아."

불만을 쏟아 내던 달치는 혁련휘의 그 한마디에 다시금 순한 양이 되어 고개를 끄덕였다. 그러고는 편안하게 벽에 기대듯 앉았다.

그런 그들을 잠시 바라보던 서교영이 입을 열었다.

"소란 일으키지 말고 있어."

말을 마친 그녀가 막 몸을 돌릴 때였다.

"어이, 이봐."

자신을 부르는 소리에 서교영이 고개를 돌렸다.

환야가 쇠창살을 양쪽으로 움켜쥐고는 그 사이로 고개를 들이민 채로 입을 열었다.

"가두는 건 봐주겠는데 음식은 좀 든든히 넣어 줘."

"포로로 잡혀 와 놓고 뭐가 그렇게……."

"아아, 이건 너희들을 위해 해 주는 말이야."

"우릴 위해?"

무슨 소리냐는 듯 서교영이 되묻자, 환야는 여유 만만한 미소를 머금은 채로 힐끔 뒤를 바라봤다. 그러고는 이내 쇠창살을 잡고 있던 손으로 뒤편에 있는 비설과 달치를 가리키며 말을 이었다.

"안 그랬다가는 저 두 녀석이 이 감옥을 때려 부수고 길길이 날뛸지도 몰라서 말이야."

환야의 그 말에 비설이 어색하니 웃으며 말을 받았다.

"제가 생긴 것보다 많이 먹어서요."

"달치도 배고프다. 배고프면 달치 화난다."

곧바로 이어지는 달치의 말까지 듣고 난 서교영은 기가

막힌다는 표정을 지어 보였다.

고개를 절레절레 저은 그녀가 몸을 돌려 감옥 문을 박차고 바깥으로 걸어 나갔다.

서교영이 나오자 열려 있던 건물의 문이 닫혔고, 그녀는 힐끔 그쪽을 바라봤다.

굳게 닫힌 감옥의 문.

그녀는 짧게 한숨을 내쉬었다.

"하아."

그리고 그 순간 건물 안쪽 감옥에서는 떠내려갈 듯한 커다란 웃음소리가 터져 나왔다.

십수 년이 넘게 이곳에 많은 이들을 잡아 가뒀거늘 오늘 같은 일은 생전 처음이다.

감옥에 갇혔거늘 마치 놀러 오기라도 한 것처럼 해맑기 그지없다.

'이거야 원. 포로를 잡아 온 건지, 상전을 모시고 온 건지 모르겠네.'

골치가 아프다는 듯 미간을 꾸욱 누르며 서교영은 걸음을 옮기기 시작했다.

* * *

감옥에 갇힌 혁련휘 일행은 편안하게 바닥에 자리한 채로 휴식을 취하고 있었다.

비설은 바닥에 눕다시피 자세를 잡은 채로 중얼거렸다.

"여기 음식 뭐 좀 괜찮은 거 있어요?"

"기대하지 마. 더럽게 맛없으니까."

"맞다, 자하도 음식 엄청 맛없다. 달치 여기 음식 안 좋아한다."

환야와 달치는 잊고 있었던 것들이 기억난다는 듯 끔찍한 표정을 지어 보였다.

기본적으로 자하도의 식생활은 중원과 크게 다르지 않다.

다만 그 재료가 좋지 못하고, 종류도 적어 음식 또한 무척이나 단출하다는 게 문제였다.

더군다나 음식을 할 때 넣을 만한 양념이라 할 만한 게 거의 없어 싱거운 것들이 대부분이었다.

대충 상황을 전해 들은 비설은 자리에서 벌떡 일어나며 혹시나 하는 얼굴로 물었다.

"설마 만두도 없어요?"

"……당연한 소리를 하네. 먹으려면 직접 처음부터 만들어야 할걸."

"맙소사. 만두가 없다고요?"

가장 평범한 음식 중 하나가 바로 만두다.

그랬기에 자하도에 온다고 해도 별생각이 없었는데……
워낙 특별한 곳이다 보니 중원 어디에서나 구할 수 있는 만두조차 구경할 수 없을지도 모른다는 사실을 간과했다.

비설이 적잖이 충격받은 표정을 짓고 있는 그 무렵 굳게 닫혀 있던 문이 열리며 두 명의 여인이 걸어 들어왔다.

그들의 손에는 커다란 소쿠리가 들려 있었다.

소쿠리를 바닥에 있는 주먹 정도 되는 크기의 틈을 통해 밀어 넣은 여인들은 별말도 없이 사라졌고, 식사가 왔다는 사실에 잠시 침묵하고 있던 비설의 표정이 일그러졌다.

소쿠리에 있는 건 찐 감자들이었다.

비설이 짧게 탄식을 내뱉었다.

"허어, 이게 다예요?"

"그래 보이는데. 그나마 뭐라고 해서 그런지 양은 엄청나게 가져다줬네."

서른 알에 가까운 감자를 보며 환야는 혀를 찼다.

자하도에서 구하기 쉬운 몇 가지 음식이 있는데, 그중 하나가 감자였다.

비설은 투덜거리면서도 소쿠리에 담겨 있는 감자 하나를 들어 올렸다.

그러고는 뒤편에 기대어 앉아 있는 혁련휘를 향해 감자를 내밀었다.

"형님, 이거 드세요."

"고마워."

짧은 인사와 함께 혁련휘는 감자를 받아 들었다.

감자를 먹으며 말없이 비설을 바라보던 혁련휘가 이내 허기진 듯 먹어 대는 그녀를 향해 입을 열었다.

"네 입맛에 맞는 음식이 별로 없겠구나."

신경이 쓰이기라도 하는 것처럼 내뱉은 그 한마디에 비설은 감자를 우물거리며 고개를 저었다.

"괜찮아요."

그녀는 게 눈 감추듯 금방 감자 하나를 먹어 치운 채로 다른 걸로 손을 뻗었다. 그러고는 다른 감자를 든 채로 말을 이었다.

"형님 없는 곳에서 맛있는 음식 먹는 것보다, 이런 감옥이라도 좋으니 형님 옆에서 감자 먹는 게 훨씬 좋은걸요."

너무나 무덤덤하게 내뱉는 고백에 감자를 먹고 있던 환야가 켁켁거리기 시작했다.

그리고 그런 환야의 등을 달치가 커다란 손바닥으로 두드렸다.

퍽퍽!

"아파, 살살 좀."

달치의 커다란 손바닥에 등을 후려 맞은 환야가 몸을 비비 꼬며 비명을 질러 댔다.

그러고는 이내 대단하다는 눈으로 비설을 힐끔 바라봤다.

'저런 닭살 돋는 말을 뭐 저리 쉽게 한데.'

용기가 있는 건지, 아니면 둔감한 건지 모르겠지만…… 하나 확실한 건 혁련휘의 무뚝뚝한 표정이 한결 기분 좋아 보인다는 거다.

그런 혁련휘의 모습을 보며 환야 또한 피식 웃을 수밖에 없었다.

이러니 저 두 사람이 어울리는 것일 게다.

혁련휘 같은 사내를 이토록 쉽게 녹일 수 있는 여인은 세상에 비설 하나뿐일 테니까.

서른 알이나 되는 감자를 보며 이걸 언제 다 먹나 했었지만 생각보다 오랜 시간이 걸리지 않았다. 이런 것만 먹는 게 별로라고 투덜거리던 비설과 달치 두 사람의 솜씨였다.

둘은 그 많은 감자를 순식간에 먹어 치워 버린 것이다.

그런 둘을 바라보며 환야가 혀를 찼다.

"쯧쯧, 싫다고 노래를 부르더니만 엄청나네."

"먹을 게 이것밖에 없는데 먹어야죠 뭐."

"맞다. 달치도 살려고 먹었다."

곧이어 돌아오는 두 사람의 대답에 환야는 못 말리겠다

는 듯 고개를 저었다.

식사가 끝나자 비설은 피곤하다는 듯 바닥에 드러누우며 중얼거렸다.

"밥을 먹으니 졸리네요."

졸리다는 듯 입을 가리고 하품을 하는 비설을 보며 혁련휘가 짧게 말했다.

"쉬고 있어."

"동륜의 수장이라는 사람은 언제쯤 연락을 줄까요?"

비설이 고개를 젖혀 혁련휘에게 시선을 주며 물었다.

그녀의 질문에 혁련휘가 곧바로 답했다.

"모르지. 다만 내가 줄 수 있는 시간은 이틀이야."

이틀까지는 이 감옥 안에서 참아 줄 생각이다.

힘으로 만나려고 한다면 못할 혁련휘 일행이 아니다.

다만 무력 충돌은 가능하면 피하기 위해 이토록 번거로운 행동마저 감수하는 거다.

허나 혁련휘에겐 이곳 자하도에서 있을 수 있는 시간이 그리 길지 않았다.

신도율이 마교를 완벽하게 장악하기 전에 이곳에서의 모든 일을 끝마치고 나가야 하는 혁련휘였다.

"최악의 경우 이틀이나 이곳에 있어야겠네요."

말을 내뱉으며 비설은 심심하다는 듯 꼼지락거렸다.

감옥에 갇힌 지 고작 두어 시진 정도밖에 흐르지 않았거늘 벌써부터 몸이 근질근질했다.

결국 바닥에 누운 채로 시간을 보내던 비설은 잠을 청했고, 다른 이들 또한 그건 크게 다르지 않았다. 각자의 자리에서 운기조식을 취하거나 수면에 드는 걸로 이들은 시간을 보냈다.

창 하나 없어 어둡기만 한 감옥 내부는 시간의 흐름을 느끼는 게 쉽지 않았다.

그런 그들에게 얼추 시간을 알려 주는 건 때마다 들어오는 식사뿐이었다.

몇 번의 식사가 계속되었지만 식단은 매번 감자 하나가 전부였다.

연달아 들어오는 감자에 식성 좋은 비설과 달치 또한 서서히 질려 갈 때쯤이었다.

식사를 마친 비설은 다 먹지 못해 남긴 감자를 바라보며 중얼거렸다.

"감자만 줄 거면 좀 요리라도 해서 주든가 매번 찐 감자만 준대요?"

"그러게 말이다."

환야 또한 더는 못 먹겠는지 먹던 감자마저 내려놓으며 투덜거렸다.

벌써 몇 끼째 아무런 것도 없이 감자만 먹어 댔더니 입안이 텁텁할 지경이다.

식사를 끝내고도 한참은 이야기를 나누던 그 무렵 닫혔던 문이 열리며 여인들이 걸어 들어왔다. 평소에도 식사를 끝낸 이후에 소쿠리를 가지러 오는 여인들은 있었지만…….

문을 열고 들어서는 여인들을 보는 순간 평소와 다르다는 걸 직감할 수 있었다.

평소엔 단 한 명만이 감자를 담아 뒀던 소쿠리를 회수하러 왔다.

그에 비해 지금은 무려 여섯 명에 달하는 여인들이 감옥안으로 들어선 것이다.

더군다나 그들은 각자의 무기를 든 채로 감옥 내부로 들어와 섰다.

벽에 기대듯 누워 있던 비설은 끼고 있던 깍지를 풀며 상반신을 천천히 일으켜 세웠다.

그녀의 손이 등 뒤에 걸려 있는 자미쌍검에 닿았다.

심상치 않은 분위기, 무슨 일이 벌어질 것만 같았다.

그리고 비설과 마찬가지로 그 묘한 분위기를 읽었는지 환야 또한 눈을 빛내며 입을 열었다.

"아무래도 뭔가 볼일이 있는 모양인데요, 대장."

"잘됐군. 슬슬 짜증이 좀 치밀고 있었거든."

혁련휘가 무덤덤하니 말을 받았다.

아무런 소식도 없어 슬슬 감옥을 부수고 힘으로라도 동륜의 수장을 만나야 하나 고민하고 있던 차다.

그때 입구에 서 있는 여섯 명의 여인들 뒤편으로 누군가가 모습을 드러냈다.

천천히 걸어들어오는 그 여인은 다른 이들과는 복장부터가 다소 달랐다.

화려한 복장의 여인, 그녀는 바로 동륜의 수장 남세옥(南世鈺)이었다.

사십 대 중반의 나이를 무색하게 할 만큼 뛰어난 외모.

그렇지만 겉모습만으로 판단해서는 안 되는 것이 바로 이 여인이 자하도 내부에 위치한 다섯 개의 구역 중 하나를 지배하는 존재라는 거다.

힘이 전부인 이곳 자하도에서 그런 자리에 올랐다는 건 곧 보통 실력자가 아니라는 걸 말해 주는 것이기도 했다.

남세옥은 혁련휘 일행이 갇혀 있는 쪽으로 천천히 걸음을 옮겼고, 그런 그녀의 뒤편으로 먼저 들어와서 대기하던 여섯 명의 여인들이 따랐다.

그렇게 쇠창살 앞까지 다가온 남세옥은 감옥 안의 모습을 살폈다.

그녀의 시선이 이내 소쿠리로 향했다.

남아 있는 감자를 본 남세옥이 입을 열었다.

"입맛에 안 맞나 보군. 많이 넣어 달라고 해서 듬뿍 보내라고 명해 놨는데 말이야."

명해 놨다는 말에 혁련휘가 어둠 속에서 서서히 몸을 일으켜 세웠다.

그가 자리에서 일어나자 남세옥의 뒤편에 있던 여인들이 재빠르게 무기를 꺼내 들어 쇠창살 너머의 혁련휘를 향해 겨누었다.

그렇지만 그런 여인들의 행동에는 아랑곳하지 않고 혁련휘가 한 걸음 다가서며 물었다.

"그대가 이곳의 수장인가?"

"……건방지군."

그대라는 말에 남세옥이 미간을 찡그렸다.

이곳 동륜에서 그녀는 특별한 존재다.

모두가 그녀 앞에 무릎을 꿇고, 그 강함을 우러러본다.

오랫동안 그런 대접을 받아 오던 차에 혁련휘의 말투를 듣고 있자니 울컥하고 뭔가가 치밀어 오른 것이다.

그런 남세옥을 향해 혁련휘가 말했다.

"내가 그대에게 예를 갖출 이유는 없으니까."

"동륜의 왕인 나에게 예를 갖추지 않아도 될 자는 없어.

적어도 이곳 동륜의 땅을 밟고 있는 지금은!"

소리를 내지르는 것과 동시에 남세옥의 몸 주변에서 기운이 쏟아져 나왔다.

네 사람을 향해 밀려드는 기운.

뒤편에 있던 여섯 명의 여인들은 그 강한 힘에 놀란 듯 주춤거렸다.

그렇지만 정작 그 기운으로 내리누르려 했던 혁련휘 일행은 모두가 멀쩡했다. 밀려드는 투기를 어렵지 않게 받아낸 탓이다.

그런 네 사람을 바라보던 남세옥의 표정이 다시금 일그러졌다.

보고를 통해 보통 놈들이 아닌 것 같다는 말은 들었지만…….

남세옥은 기분 나쁜 표정을 애써 감추며 말했다.

"날 보고 싶다 했다고?"

"맞아."

대답하는 혁련휘를 바라보던 그녀가 몸을 돌려 걸어 나가며, 뒤편에 대기하고 있던 여인들에게 명령을 내렸다.

"끌고 와."

대기하고 있던 여인들은 명이 떨어지자 쇠창살로 된 문을 서둘러 열었다.

감옥 안에 갇혀 있던 네 사람이 열린 문을 통해 걸어 나왔다.

그러고는 이내 여섯 명의 여인들에게 둘러싸인 채로 건물 바깥으로 걸음을 옮겼다.

퀴퀴했던 감옥 내부에서 바깥으로 나오자 상쾌한 공기가 밀려들었다. 환야가 깊게 숨을 들이마시며 중얼거렸다.

"어휴, 이제야 좀 살겠네."

그러자 숨을 내쉬는 환야의 뒤편에 있던 여인이 재촉했다.

"빨리 움직여."

자신에게 검을 겨눈 채로 협박 아닌 협박을 하는 상대를 보며 환야가 픽 웃었다. 그러고는 오히려 겁이라도 먹은 것처럼 양손을 들어 올리고는 장난스럽게 말했다.

"네네, 갑니다."

말을 마친 환야는 앞으로 걸음을 옮겼다.

그렇게 혁련휘 일행은 이들이 이끄는 어딘가를 향해 무작정 걷기 시작했다. 그들이 향한 곳은 마을의 중앙 부분이었다.

그런데 하나 이상한 것이 분명 그 날 들어올 때만 해도 그토록 많았던 사람들의 모습이 거의 보이지 않는다는 거였다.

뭔가 이상하다 생각하긴 했지만 이내 그 고민은 해결됐다.

그들이 도착한 마을 중앙 부분에 커다란 광장, 그곳에 이미 많은 사람들이 자리하고 있었으니까.

커다란 원형 모양의 장소에 겹겹이 둘러싸고 있는 수천 명의 여인들의 모습이 들어왔다. 그리고 그런 여인들의 사이를 선두에 선 동륜의 수장 남세옥이 파고들었다.

광장 가운데에 자리한 커다란 단상.

그리고 그 단상에는 남세옥의 것으로 보이는 자리가 존재했다.

남세옥은 성큼 단상으로 다가가더니 이내 자신의 자리를 등지고 섰다.

그녀가 몸을 돌려 사람들을 내려다보자 기다렸다는 듯 여인들의 환호성이 터져 나왔다.

환호성을 잠시 듣고 있던 남세옥은 손을 들어 그만하라는 신호를 보냈고, 커다랬던 함성은 금방 사그라졌다.

자리에 앉은 남세옥이 곧바로 소리쳤다.

"침입자들을 대령하라!"

한쪽에 서서 멀뚱거리며 서 있던 혁련휘 일행은 그 한마디에 여섯 여인들과 함께 가운데로 걸어 들어와야만 했다.

낯선 이들의 등장에 잠시의 웅성거림이 있었지만 이내 그 소란은 잦아들었다.

수천 명의 여인들의 눈동자가 쏟아지는 그곳.

그곳에 선 네 사람은 말없이 남세옥에게 시선을 주고 있었다.

그때 그녀가 입을 열어 심문을 시작했다.

"묻지. 그대들은 어디 소속이지? 남륜인가? 아니면 북륜?"

물어 오는 질문에 혁련휘가 천천히 입을 열었다.

"……중원에서 왔다."

7장. 자하도의 법

— 이긴 자가 모든 걸 갖는다

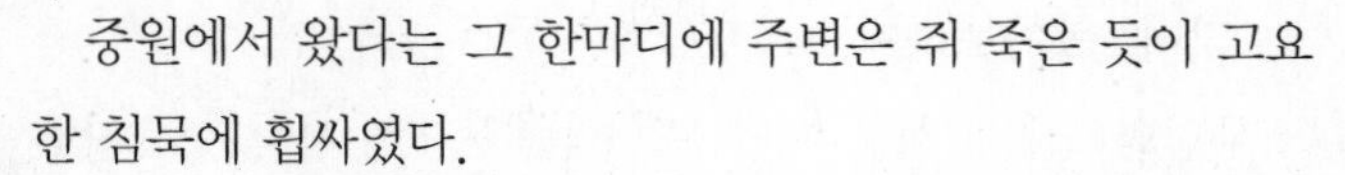

중원에서 왔다는 그 한마디에 주변은 쥐 죽은 듯이 고요한 침묵에 휩싸였다.

그리고 그건 동륜의 수장인 남세옥 또한 다르지 않았다.

그녀는 말을 내뱉은 혁련휘를 딱딱하게 굳은 얼굴로 내려다봤다.

남세옥은 자신의 귀를 의심치 않을 수 없었다.

중원, 그곳이 뜻하는 게 무엇인지 너무도 잘 알았으니까.

이곳 자하도 바깥의 세상.

허나 이들에겐 그런 세상은 없는 것과 다르지 않았다. 자하도에서 태어나고, 이곳에서 죽어 가는 이들.

자하도는 그런 곳이다.

나갈 수도, 들어올 수도 없는 곳.

그랬기에 자하도에 사는 이들에겐 이곳이 세상의 전부였다.

그런 이들에게 중원에서 왔다는 이가 갑작스럽게 등장했다.

당황스러운 것은 당연했다.

아무런 말도 하지 못하던 남세옥은 곧 정신을 추스르며 말했다.

"자하도 바깥에서 왔다고? 말이 되는 소리를 해. 이곳은 자하도야. 그 누구도 들어오지도 나가지도 못하는……."

"맞아. 불가능하지."

무덤덤하니 고개를 끄덕이던 혁련휘가 손가락으로 자신을 가리켰다. 그러고는 모두의 시선 속에서 천천히 말을 이어 갔다.

"나를 제외하고는."

혁련휘의 그 한마디에 조용했던 이들 사이에서 커다란 웅성거림이 일기 시작했다.

소란에 남세옥이 손을 들어 모두에게 조용히 하라는 신호를 보냈다.

그러고는 이내 잠잠해진 소란 속에서 그녀가 다시금 물

었다.

“그러니까 모두가 불가능한 그 일을 넌 할 수 있다 이건가?”

“맞아.”

“개소리.”

말도 안 된다는 듯 남세옥이 쏘아붙였다. 그러자 혁련휘가 담담하니 말을 받았다.

“내 이름은 혁련휘, 마교의 교주다. 그리고 한때는 천림에서 지냈지.”

이어지는 혁련휘의 말에 남세옥은 다시금 꿈틀했다. 마교가 무엇인지는 자하도에서 평생을 살아가는 그녀조차도 알고 있었다.

애초에 마교의 무인들이 뿌리를 내리면서 지금의 자하도가 형성된 것이나 다름없었으니까.

그런 마교의 인물이라는 것도 모자라 교주?

한마디로 지금 자신이 천마와 똑같이 마교의 교주라고 지껄이는 것이 아닌가.

이곳 자하도에서 천마는 신과 다름없는 특별한 존재다.

남세옥이 믿을 수 없다는 듯 물었다.

“지금 네 말을 어떻게 믿지?”

“믿고 말고는 그쪽 자유야. 여기에 온 이유가 내가 중원에서 왔다는 걸 설득하려는 건 아니니까. 난 당신한테 받아야 할 게 있어서 찾아왔을 뿐이야."

중요한 건 중원에서 온 게 사실이냐 아니냐가 아니다. 혁련휘는 남세옥에게 받고자 하는 게 있었고, 그걸 받기만 하면 그만이다.

그의 말에 남세옥이 이해가 안 간다는 듯 말했다.

"중원에서 왔다고 떠들어 대는 자가 나에게 받을 게 있다고?"

자하도에 있는 것이라면 중원에도 있는 게 당연지사.

그랬기에 그녀는 더욱 혁련휘의 말을 믿을 수가 없었다.

그런 남세옥을 향해 혁련휘가 끄덕이며 말했다.

"그건 이곳에밖에 없는 물건이거든."

"중원에는 없는데 여기에만 있는 것? 그게 뭐지?"

물어 오는 그녀를 향해 혁련휘는 자신이 이곳에 온 목적을 밝혔다.

"그대가 가지고 있는 열쇠. 그걸 받으러 왔어."

"열쇠……?"

남세옥이 미간을 찌푸리며 되물었다.

혁련휘가 당장에 말하고 있는 열쇠가 무엇인지 선뜻 알아차리지 못한 것이다. 그런 그녀를 향해 혁련휘가 재차 말했다.

“천림의 가장 깊숙한 곳에 도달할 수 있는 열쇠의 하나. 당신이 가지고 있잖아.”

그 말을 듣고서야 남세옥은 혁련휘가 말하고자 하는 게 무엇인지 알 수 있었다.

사실 그녀 또한 잘 알지 못하는 자하도의 오래된 이야기.

천림 가장 안쪽에는 천마의 마지막 유산이 담긴 장소가 있다는 전설이 있다.

물론 그 전설에 혹해 그곳으로 향했던 이들 대부분은 목숨조차 부지하지 못하고 싸늘한 시신으로 돌아왔다.

그런 천림의 가장 안쪽으로 들어가기 위해서는 네 개의 열쇠가 있어야 한다.

천마는 죽기 직전에 그곳을 들어갈 수 있는 열쇠 네 개를 나누어 각 지역의 수장들인 사대마신에게 건네줬다.

천마는 자신의 마지막 유산이 남겨진 그곳을 아무나 드나들게 할 생각이 없었다.

그랬기에 그 열쇠 네 개를 모두 지니고 있어야만 들어갈 수 있는 특별한 공간을 만들어 냈다.

그 안으로 들어가기 위해서는 각 지역의 수장들이 지닌 네 개의 열쇠를 모두 지녀야만 들어갈 수 있도록 말이다.

한마디로 자하도의 모든 지역을 쥘 정도로 강한 자만이 자신의 마지막 유산을 볼 자격을 준 것이나 다름없었다.

오래된 전설, 허나 그 누구도 도전하지 않았고 입에 담지도 않았기에 기억 한편에나마 남아 있던 그 이야기가 지금 혁련휘에게서 흘러나온 것이다.

남세옥이 당황한 얼굴로 물었다.

"천마의 마지막 유산을 노리는 건가?"

"맞아."

"……지금 그 말의 의미를 아는 거야?"

네 개의 열쇠를 모은다는 것 자체가 동륜, 서륜, 남륜, 북륜의 수장들을 모두 설득하거나 꺾는다는 말이다.

그 말은 곧 자하도 전체를 손에 넣는다는 말과 무엇이 다르단 말인가.

수백 년이 넘는 자하도의 역사에 그런 인물은 천마 단 하나뿐이었고, 또 앞으로도 영원히 없을 거라 여겼다.

자하도의 그 많은 괴물들을 모두 발아래에 둔다는 건 불가능한 일이라 여겼으니까.

그런데…… 그 말도 안 되는 일에 도전하고 있는 자가 눈앞에 나타난 것이다.

남세옥이 말을 이었다.

"지금 넌 자하도 전체를 네 발아래에 두겠다고 선포한 것과 다르지 않아."

"필요하다면 그럴 생각이야."

덤덤하니 대답하는 혁련휘를 보며 남세옥은 저 사내의 생각이 미치도록 궁금했다.

중원에서 왔다는 말은 못 믿어도 적어도 이곳에 있다는 것만으로 이미 자하도에 대해서는 알고 있을 거라는 확신은 있었다.

그런데도 불구하고 저런 대답이라니?

자하도 전체를 손에 넣겠다는 그 말을 입에 담는 것만 해도 기가 찰 지경인데, 저토록 담담한 말투는 무엇이란 말인가.

남세옥이 따지듯이 물었다.

"너 혼자서 그게 될 것 같아?"

"왜 내가 혼자지?"

혁련휘가 천천히 뒤편에 서 있는 세 사람에게로 시선을 돌렸다.

비설과 환야, 달치가 웃음을 머금은 채로 자신을 바라보고 있었다.

그런 세 사람에게 시선을 줬던 혁련휘가 고개를 돌려 남세옥을 응시했다.

등 뒤에 있는 이 세 사람.

이들은 혁련휘에겐 천군만마와 다를 게 없었다.

혁련휘가 확신 어린 목소리로 대답했다.

"나에겐 이 녀석들이 있거든."

"……고작 셋일 뿐이야."

"이 녀석들에서 한 명 더한 네 명으로 마교도 먹었어."

마교로 다시금 발을 디뎠을 그때 혁련휘는 아무런 것도 없었다.

그저 자신의 뒤를 따르는 네 명의 동료들이 있었을 뿐이다.

그리고 지금 혁련휘는…… 마교의 교주다.

네 명의 수하만을 이끌고 마교를 먹었다는 혁련휘의 말에 남세옥은 할 말을 잃었다.

사실 마교에 대해 잘 알지 못한다.

오래전 남겨진 이야기에 따라 천마가 만들었던 마교라는 곳이 얼마나 대단한 곳이고 어마어마했는지에 대해 전해 들었을 뿐이다.

그저 엄청 크고, 대단한 곳이라는 것만이 남세옥이 아는 마교다.

모든 이야기를 들은 남세옥은 잠시 입을 닫고 말없이 혁련휘를 바라봤다.

그가 납치될 뻔한 동륜의 여인들을 구해 줬다는 사실 또한 알고 있다.

거기다 당시 저들을 체포해 온 서교영을 통해 뭔가 미심

찍은 자들이라는 말도 들었다.

동륜의 수장인 자신의 입장에서 굳이 만나지 않았어도 될 일. 그럼에도 불구하고 남세옥은 이례적으로 이들과의 만남을 주선했다.

그것도 이토록 많은 이들을 모아 놓고 말이다.

이 사내가 자신과 만나기를 바란다는 건 알았지만 설마 그게 천마의 마지막 유산과 관련해서일지는 상상도 하지 못했다.

모든 이야기를 전해 들은 남세옥은 자신의 생각을 정리했다.

그녀가 말했다.

"정말인지는 모르겠지만 그 열쇠를 구하기 위해 진짜로 중원에서 이곳 자하도로 온 거라면 이걸 어쩌나. 난 그 열쇠를 줄 생각이 없는데."

남세옥의 거절 의사에도 혁련휘는 별다른 동요를 보이지 않았다.

애초에 어느 정도 예상했던 바다.

수장에게 대대로 내려오는 물건, 그걸 그냥 달라는 말 한마디에 툭 내어 줄 거라고는 애초에 생각지도 않았다.

혁련휘를 바라보던 남세옥이 말했다.

"뭐야? 반응이 좀 미적지근한 걸 보니 예상이라도 했던 모양이야?"

"자하도에서 쉽게 얻을 수 있는 건 아무런 것도 없으니까."

"알면서도 이 같은 말을 한 거면…… 최악의 경우까지 염두에 두었다는 말로 들리네."

"맞아. 자하도에는 그 어디를 불문하고 통용되는 단 하나의 법칙이 있지."

동서남북 네 지역과 중앙까지 통용되는 하나의 법.

혁련휘가 천천히 말을 이었다.

"이긴 자가 모든 걸 갖는다."

"날 꺾겠다 이건가? 그런데 어쩌지. 만약에 네가 날 이겨도 넌 아무런 것도 가져가지 못할 텐데."

남세옥의 반응에 혁련휘가 표정을 구겼다.

자하도에서는 당연한 이 규칙을 따르지 않겠다고 말할 줄은 몰랐던 탓이다.

혁련휘가 이해가 안 간다는 듯 물었다.

"다른 자도 아닌 한 지역의 수장이라는 자가 자하도의 규칙을 지키지 않겠다 이건가? 그렇다면……."

"아니, 당신 말이 맞아. 이긴 자가 모든 걸 가진다는 건 우리 동륜도 마찬가지고, 그건 나도 포함되니까. 그렇지만 이거 하나는 몰랐나 봐. 자하도에서 유일하게 동륜에만 하나의 법칙이 더 존재한다는 걸."

"……또 다른 법칙?"

물어 오는 혁련휘의 질문에 고개를 끄덕인 남세옥이 말을 받았다.

"이긴 자가 모든 걸 가진다. 단…… 그것이 여자였을 때만."

동륜은 여인들로 구성된 곳. 그리고 이곳의 시초였던 사대마신 중 하나이자 동륜의 주인이었던 인물 또한 여인이었다.

그녀는 천마에게 특별히 이곳만은 여인들의 땅으로 남기고 싶다는 뜻을 표했고, 그 때문에 이런 특이한 규정 또한 지닐 수 있었다.

남세옥은 침묵하고 있는 혁련휘를 내려다보며 놀리듯 말했다.

"이거 어쩌지? 아쉽게도 그쪽엔 여자가 없는데 말이야."

말을 내뱉으며 남세옥은 득의양양한 미소를 지어 보였다.

그러고는 이내 말없이 서 있는 혁련휘를 향해 차갑게 말을 내뱉었다.

"알아들었으면 그만 물러나. 우리 동륜의 여인들을 구해준 일이 있으니 이번만큼은 특별히 사지 멀쩡하게 돌려보내 주지. 하지만 다시 한 번 이 근처에서 얼쩡거리다가 걸리면……."

"저기요."

비설이 손을 번쩍 들며 부르는 바람에 자연스레 남세옥의 말이 끊겨 버렸다.

갑작스러운 비설의 개입에 남세옥이 불쾌한 표정을 지어 보이며 말했다.

"뭐지? 내가 이야기를 하는데 감히……."

"잠시만요."

다시금 말을 끊어 버리는 비설의 행동에 남세옥이 얼굴을 붉힐 때였다.

비설이 천천히 손을 뒤로 뻗어 머리를 묶고 있는 끈을 쥐었다. 그러고는 이내 손을 아래로 쭉 당기듯 끈을 풀어냈고, 동시에 떨어져 내린 그녀의 머리카락이 찰랑거렸다.

비설의 긴 머리카락이 부드럽게 그녀의 어깨에 내려앉았다.

그녀가 다소 엉망이 된 머리카락을 손으로 쓸어넘겼다.

긴 손가락으로 머리카락을 넘기는 그 모습은 여인들만 가득한 이곳 동륜에서도 모든 이들의 시선을 휘어잡았다.

지독할 정도의 아름다움.

그 아름다움은 여인들의 마음마저도 뒤흔들 정도였으니까.

머리를 풀어 자신의 본래의 모습으로 돌아간 비설이 웃

는 얼굴로 천천히 입을 열었다.

"여자 여기 있는데요."

성큼 나서서 내뱉은 비설의 그 한마디에 남세옥은 당황스러움을 감추지 못했다.

'여인이었어?'

왜 몰랐던 걸까?

아무리 남장을 하고 있었다고 해도 저토록 아름다운 외모를 지니고 있는데 말이다.

자하도 내에서 가장 많은 여인들이 몰려 있는 이곳 동륜이지만 저 정도의 미녀는 존재하지 않았다. 너무도 뛰어나기에 눈으로 보고도 놀라 입이 쉬이 다물어지지 않을 정도의 외모다.

믿기지 않았는지 남세옥이 물었다.

"……정말 여자야?"

"그럼요. 보면 아시잖아요."

자신을 가리키며 말하는 비설을 보며 남세옥은 더는 그녀가 여자가 맞는지 아닌지 말을 꺼낼 수조차 없었다.

저런 말도 안 될 정도의 압도적인 미모를 지닌 이가 사내일 수는 없었으니 말이다.

너무도 놀라 쉬이 말을 잇지 못하는 그녀를 향해 비설이 말을 이었다.

"아까 하신 말씀 기억하시죠?"

"……?"

"말씀하셨잖아요. 상대가 여자면 자하도의 법칙을 따른다고요."

"맞아. 그런데 착각을 하나 하는 것 같은데. 무리에 여인이 있다고 한들 그 말을 들어준다는 게 아냐. 그 당사자가 나를 이겨야……."

"네, 알고 있어요."

"……안다고? 그런데도 지금 그걸 되묻는 저의는 설마 네가 날 이겨 보겠다 뭐 이런 소리인 거야?"

농담하냐는 듯이 웃음을 터트린 남세옥.

그렇지만 그런 그녀와 마주한 채로 비설 또한 웃으며 대답했다.

"네, 그러려고요."

"……허풍이 심하네."

"허풍인지 아닌지는 곧 아실 거고요. 그나저나 대결이나 빠르게 진행하면 안 될까요? 형님이 좀 급하다고 하셔서요."

비설은 길게 이야기를 하는 것보다 이곳 동륜에서의 일을 서둘러 매듭짓고 싶었다. 혁련휘의 말대로라면 다른 곳에도 들러서 그 열쇠라는 걸 받아야 했으니 말이다.

남세옥은 기가 차다는 듯 헛웃음을 흘렸다.

자하도 동륜의 수장 자리는 거저먹은 게 아니었다. 본인의 실력에 자신이 있는 그녀였기에 저토록 새파랗게 젊은 비설에게 질 거라는 생각은 아주 조금도 들지 않았다.

원래였다면 수장인 그녀가 곧바로 싸워 줘야 할 이유도 없었지만 상대 중에 여인이 없을 거라는 생각에 너무도 많은 이들 앞에서 강하게 나서 버렸다.

결국 자신이 한 말은 책임을 져야 하는 상황.

거기다 이들은 쉽사리 물러날 것 같지도 않았다.

실력들이 보통이 아니라고 하니 싸움이 난다면 동륜의 여인들에게도 피해가 갈지도 모르는 일.

고민하는 남세옥을 향해 비설이 재차 물었다.

"대답이 없으신데 아까 그 말씀대로라면 저한테는 자격이 있는 거잖아요?"

재촉하는 듯한 비설의 말에 결국 남세옥은 결정을 내렸다.

그녀가 짧게 고개를 끄덕였다.

"……좋아. 그렇다면 받아들이지. 단, 조건이 있어."

"조건이요?"

"네가 지는 그 즉시 이곳 동륜에서 깨끗이 물러나. 그리고 나에게 덤빈 대가 또한 치러야 할 거고. 그게 내 조건이야."

물러나라는 조건을 내건 남세옥의 시선이 비설에게서 혁련휘에게로 향했다.

쉽사리 대답을 하지 못할 거라 여겼다.

저런 젊은 여인에게 맡길 만한 일이 아니라 생각했으니까.

그렇지만 그런 남세옥의 예상은 어김없이 빗나갔다.

망설이는 틈도 없이 혁련휘의 대답이 돌아왔다.

"그러지. 이 아이가 패한다면 나 또한 더는 그것에 대해 욕심을 내지 않겠어."

"진심이야?"

"내 말에 책임은 져."

무덤덤하게 남세옥에게 대꾸한 혁련휘가 비설을 바라봤다.

웃고 있는 비설의 얼굴을 보고 있자니 견고한 믿음이 밀려온다.

입을 열지 않았음에도 불구하고 그녀의 목소리가 들리는 듯싶다.

걱정하지 말라고. 자신이 해내겠다고.

아마 지금 이 같은 생각을 하고 있는 건 자신뿐만이 아니리라.

뒤편에 있는 환야나 달치 또한 흔들리지 않는 눈동자로 비설을 바라보고 있다.

그 둘 또한 비설의 무공에 대한 확고한 믿음이 있기 때문이다.

혁련휘에게서도 확답을 듣자 남세옥은 더는 망설일 이유가 없었다.

잠시 눈을 감고 있던 그녀가 자리에서 일어났다.

"좋아, 그렇다면 상대해 주지."

말을 마친 그녀가 옆으로 시선을 돌리자, 기다렸다는 듯이 한 명의 여인이 몸을 날려 앞에 부복했다.

공손하게 내민 손에는 긴 창 한 자루가 들려져 있었다.

남세옥은 여인의 손에 들린 창을 들어 가볍게 휘저었다.

붕붕.

바람을 가르는 소리가 울려 퍼지기 시작한 무렵 그녀가 단상을 박차고 날아올랐다.

쵸라라락!

빠르게 날아오른 그녀의 몸이 비설의 맞은편에 이르러 아래로 떨어져 내렸다.

투욱.

바닥에 선 남세옥은 창을 뒤로 잡은 채로 천천히 하반신을 굽히며 기수식을 취했다.

그저 창을 쥐고 있을 뿐이거늘 남세옥에게서는 고수의 기운이 풀풀 풍겨져 나왔다. 그녀가 자신 있게 말했다.

"어디 와 봐, 그 실력 좀 보게."

남세옥의 말에 비설이 뒤편에 있는 환야와 달치를 힐끔 바라봤고, 두 사람은 싸울 공간을 내주려는 듯 뒤로 물러났다.

그리고 마찬가지로 자리를 비켜 주기 위해 움직이던 혁련휘가 그녀의 옆으로 다가와 나지막이 말했다.

"다치지 말고."

"그럼요. 순식간에 끝내고 형님 옆으로 돌아갈게요."

자신 있게 말하는 비설의 옆을 스쳐 지나가며 혁련휘가 슬그머니 그녀의 손을 쥐었다. 어깨를 맞댄 상태로 손을 꽉 잡은 두 사람.

서로의 따뜻한 체온이 느껴져 왔다.

그러고는 이내 혁련휘는 말없이 그 손을 놓고는 천천히 멀어져 갔다.

다치지 말라는 말을 제하고는 아무런 말도 하지 않았지만 꽉 잡아 준 그 손을 통해 많은 이야기들을 들은 것만 같은 기분이다.

주변에 있는 이들이 모두 사라지자 비설은 슬그머니 양손을 뒤편으로 돌려 검 손잡이를 움켜잡았다.

비설의 손아귀에 잡힌 채로 슬쩍 날을 드러내기 시작한 두 자루의 검을 보며 남세옥이 신기하다는 듯이 말했다.

"쌍검? 겉멋이야 아니면 실력이야?"

쌍검술은 화려하긴 하지만 실속이 없는 경우가 많다. 그랬기에 다양한 무인들이 있다는 이곳 자하도에서도 쌍검술을 제대로 구사하는 이는 드물었다.

그런 그녀의 말에 비설이 당당하니 대꾸했다.

"이제부터 그 답이 뭔지 보여 줄 테니까 놀라지 말아요."

비설의 말이 끝나기 무섭게 눈썹을 꿈틀거린 남세옥의 창이 먼저 찌르고 들어왔다.

슈슈슉!

동시에 수십 개의 창이 비설의 전신을 노리고 날아들었다.

비전이십삼뢰(飛箭二十三雷)!

스물세 개의 창이 환영처럼 줄지어 늘어서지만, 이 모든 것이 속도로 인해 생겨나는 진짜 공격들이다. 하나라도 허투루 보고 판단했다가는 단번에 꿰뚫려도 이상할 것이 없는 공격.

동시에 그녀의 창끝에 서린 흰색 기운이 주변으로 쏟아져 나갔다.

콰콰콰콰콰!

땅이 마구 터져 나가며 사방으로 그녀의 창이 나부꼈다.

그리고 목표물인 비설에게 닿으려는 그 찰나, 닫혀 있던 자미쌍검이 완전히 뽑혀져 나왔다.

달칵.

손가락으로 미는 소리와 함께 뽑혀져 나온 두 개의 자색 검이 날아드는 창과 마주했다.

쿠콰콰카캉!

박력 넘치는 굉음과 함께 주변이 마구 터져 나갔다.

일격을 나누는 순간 느껴진 묵직한 힘에 남세옥은 놀란 듯 눈을 크게 떴다.

두 자루의 검이 미친 듯한 속도로 휘몰아치며 자신의 움직임을 방해하고 든다.

그 모습에 정신을 차린 남세옥은 보다 내력을 쏟아 부었다.

'겉멋은 아니다 이거지?'

놀라긴 했지만 남세옥은 자신의 공격을 바꾸지 않았다.

그녀의 창이 보다 빠르게 속력을 올렸다.

부웅! 탕!

날아드는 창이 비설의 검에 막혔다. 그러고는 비어 있는 틈을 향해 반대편의 자미쌍검이 순식간에 찌르고 들어왔다.

적절한 공격이었지만 남세옥은 창을 회전시키며 날아드는 검을 쳐 냈다.

동시에 그녀는 균형이 무너졌다 판단한 비설의 복부를 향해 재빠르게 발로 치고 들어갔다. 그렇지만 발이 닿으려는 그 찰나 비설의 손등이 먼저 움직이고 있었다.

타악!

날아드는 발을 손등을 이용해 아래로 쳐 낸 비설이 재빠르게 거리를 좁히며 그대로 검의 손잡이로 남세옥의 가슴팍을 후려쳤다.

퍽!

"으윽!"

눈으로 좇기도 힘들 정도로 빠르게 거리를 좁히며 다가온 비설의 일격을 허용한 남세옥이 신음 소리와 함께 당황한 표정을 지어 보였다.

순간 그녀의 눈앞에 두 자루의 자색 검이 폭풍처럼 쏟아져 나왔다.

화산파의 이십사수매화검법이 숨김없이 쏟아져 나온 것이다.

주변으로 퍼져 나가기 시작한 은은한 매화 향.

하지만 진정으로 두려운 것은 그 매화 향 뒤편에 숨겨져 있는 두 자루의 검이었다.

변화무쌍한 이십사수매화검법이 두 자루의 검으로 펼쳐지고 있다. 그리고 그 말은 곧 가뜩이나 변화가 많은 검법에 또 다시금 변화가 가미된다는 말이기도 했다.

남세옥의 입장에서는 그 공격을 받기에만 급급할 수밖에 없었다.

'뭐 이렇게 빨라?'

정말 숨 쉴 틈도 없다는 말이 이런 것일까?

몰아치는 비설의 공격은 상상 그 이상이었다.

그렇지만 그 와중에서도 남세옥은 빈틈을 찾기 위해 모든 신경을 집중시켰다.

그녀 또한 보통의 무인은 아니었으니까.

마구 휘둘러지던 쌍검이 아주 잠시나마 멈칫하는 그 찰나.

'지금이야!'

망설이지 않고 남세옥이 치고 들어갔다.

창을 짧게 쥐어 좁은 간격에 사용하기 더 용이하게 바꾼 채로 마치 그림자가 된 듯이 비설을 빠르게 스쳐 지나갔다.

스팟!

소리와 함께 창끝에 미미한 감촉이 느껴졌다.

벤 것이 분명하다. 그런데…….

"흐읍."

비명이 새어 나간 건 남세옥이었다.

그녀가 놀란 눈으로 자신의 어깨를 바라봤다. 자신이 스쳐 지나가는 그 순간 비설의 자미쌍검 중 하나가 어깨를 빠르게 베어 버린 것이다.

그리고 자신의 창은 고작 그녀의 옷자락을 찢었을 뿐이었다.

남세옥은 어깨 주변의 혈도를 빠르게 점혈하여 피를 멈추게 하고는 곧바로 창을 앞으로 치켜세웠다.

그녀의 표정은 처음 대결을 시작했을 때보다 훨씬 더 진지하게 변해 있었다.

비설의 실력을 체감했기 때문이다.

자신만 당했다는 사실이 분했는지 남세옥은 빠르게 내공을 끌어모으기 시작했다.

그러자 넘실거릴 정도의 커다란 기운이 그녀의 창 주변으로 모습을 드러냈다.

남세옥의 내공으로 인해 만들어진 새카만 아지랑이가 창을 뒤덮는 순간.

주변에 있던 동륜의 여인들이 약속이라도 한 것처럼 빠르게 뒤편으로 물러나기 시작했다. 그 모습을 본 환야는 남세옥의 이번 공격이 무척이나 위험한 것이라는 걸 직감했다.

그렇지만 환야는 굳이 비설에게 이 같은 사실을 알리지 않았다.

이번 공격이 위험하다는 건 직접 마주하고 있는 그녀가 가장 잘 알고 있을 테니 말이다.

그 증거로 비설 또한 자미쌍검에 힘을 불어 넣고 있었다.

무시무시한 공격이 펼쳐질 것은 자명한 사실.

그럼에도 환야는 큰 걱정은 하지 않았다.

비설의 실력을 잘 알기 때문이다.

십여 년도 전에 이곳 자하도의 한 지역을 제패하고 왔던 우치조차도 어쩌지 못할 정도로 쩔쩔매게 했던 그녀다.

자하도에는 분명 뛰어난 무인들이 많이 존재하지만……

아무리 그렇다 해도 비설의 실력은 이곳에서도 독보적이다.

비설에 대한 흔들림 없는 믿음으로 바라보고 있는 그때 마침내 남세옥이 움직였다. 그러자 그녀의 손에 들린 창에서 모습을 드러냈던 기운이 커다란 검은 용이 되어 뿜어져 나왔다.

주변으로 확 하고 퍼져 나감과 동시에 바닥부터 해서 천지가 뒤흔들린다는 생각을 불러일으키게 만드는 무공.

흑룡비류(黑龍飛流)!

동륜의 여인들이 물러섰던 이유가 있을 정도로 파괴적인 무공이었다.

강기로 이루어진 흑룡들이 바닥부터 시작해서 사방으로 터져 나갔다.

그들이 노리고 있는 건 바로 비설이었다.

매서울 정도의 기운들을 정면으로 마주한 비설은 자신의 검을 들어 올렸다.

주변에 자리하고 있던 기운들이 형상을 이루며 검을 집어삼켰다.

그리고 동시에 하늘을 찌를 듯이 솟구친 두 개의 빛줄기.

콰콰콰!

비설의 손에 들린 자미쌍검에서 강기가 치솟았다.

그녀는 망설일 것도 없다는 듯 피하기는커녕 오히려 날아드는 흑룡의 형상들을 향해 날아들었다.

공격을 펼치던 남세옥마저도 비설의 판단에 동요하는 그 순간이었다.

안으로 뛰어든 그녀는 검은 용들의 먹잇감처럼 연약해 보였다.

그렇지만 그건 그저 겉모습일 뿐이었다. 비설을 노리고 날아드는 흑룡들을 향해 강기에 휩싸인 그녀의 검이 움직였다.

용의 형상을 향해 휘둘러진 자미쌍검.

그리고 그 두 개의 힘이 맞닿는 순간 자미쌍검이 용을 찢어발겼다.

미친 듯한 속도로 그 모든 걸 무(無)로 돌려 버리는 비설의 모습에 남세옥은 경악했다. 그리고 동시에 그녀의 손에 들린 두 자루의 자색 검에 시선이 갈 수밖에 없었다.

처음 봤을 때부터 신기하다 생각했다.

다만 싸움을 시작한 이후였기에 크게 관심 두지 않았을 뿐이다.

그런데 점점 다가오기 시작한 두 자루의 검을 바라보던 남세옥이 뭔가 생각날 것 같은지 스스로에게 질문을 던졌다.

'자색 검?'

자색의 검신을 지닌 두 자루의 검이라면…….

순간 그녀의 머리에 번개처럼 하나의 이름이 스치고 지나갔다.

'자미쌍검!'

단 한 번도 본 적이 없어 몰랐다.

천마와 함께 이곳 자하도로 들어온 사대마신 중 하나이자 이곳 동륜에 자리 잡았던 한 명의 여인.

일월백검향(一月百劍香)이라 불렸던 동륜의 주인이 지녔던 오대신병 중 하나, 그것이 바로 자미쌍검이었다.

수백 년도 더 전에 사라진 탓에 그저 이름만으로 남아 있는 일월백검향의 무기가 지금 저 어린 여인의 손에서 모습을 드러낸 것이다.

비설의 손에 들린 무기가 자미쌍검이라는 걸 깨닫는 순간 남세옥은 알 수 없는 소름이 오싹 돋았다.

강기를 찢어발기며 달려들어 오는 비설의 모습에서 전설처럼만 내려오던 일월백검향의 모습이 보이기 시작했으니까.

8장. 고향

— 살 자신이 없거든요

강기를 휩쓸어 버리며 날아든 비설의 몸이 순식간에 남세옥의 지척에 도달했다.

둘의 거리는 일 장 미만. 그리고 그 순간 참아 왔던 비설의 내공이 폭발하며 파도처럼 주변으로 밀려 나갔다.

쿠웅!

스산하게 낮게 깔리는 충격음이 퍼져 나가기 무섭게 뒤를 이은 후폭풍이 밀려들었다.

일월백검향을 연상케 하는 비설의 모습에 자신도 모르는 사이에 움츠러들었던 남세옥이 황급히 정신을 차렸다.

그러고는 날아드는 그녀의 공격을 재빠르게 반탄강기를

일으키며 막아 내려 했다.

허나 반탄강기가 비설의 강기와 충돌하는 순간 둘의 힘 차이가 압도적으로 드러났다.

콰콰콰콰!

반탄강기가 부서지지는 않았지만 둘의 힘이 충돌하는 곳을 기점으로 남세옥의 몸이 미친 듯이 밀려 나갔다.

휘몰아치는 바람이 두 사람을 뒤덮었고, 동시에 두 여인의 머리카락이 사방으로 요동쳤다.

반탄강기로 어떻게든 버텨 내려던 남세옥.

드득, 드드득!

앞을 향해 곤(丨)자로 뻗은 채 반탄강기를 불러일으키고 있던 그녀의 창이 결국 버티지 못하고 비명을 지르기 시작했다.

그리고는 이내…….

쩌엉!

창의 비명이 곧 마지막 단말마가 되어 터져 나왔다. 그녀의 창이 비설의 힘을 견디다 못해 박살이 나 버린 것이다.

창이 산산조각이 나며 사방으로 떨어져 내리는 것과 동시에 커다란 폭발이 일었다. 그리고 동시에 남세옥은 폭발과 함께 튕겨져 나갔다.

허공을 수십 바퀴나 회전하며 날아간 남세옥은 간신히

바닥에 착지했다.

그렇지만 몸 상태가 멀쩡할 수가 없었다.

뿜어냈던 강기는 완전히 박살이 났고, 비설의 공격을 받아 내기 위해 만들어 냈던 반탄강기에 사용했던 내력들도 고스란히 튕겨져 나와 그녀의 속을 뒤집어 버렸다.

자연스레 그녀의 입에서 핏줄기가 흘러내렸다.

"웩."

새카만 피를 토해 낸 남세옥은 힘겹게 시선을 들어 멀찍이 서서 자신을 바라보는 비설을 확인했다.

몰아친 두 개의 힘이 충돌했던 격전지에 있었던 탓에 비설 또한 몰골이 좋지는 않았다.

소매나 바지 끝자락이 터져 나갔고, 얼굴이나 옷 바깥에 드러난 피부는 주변에서 휘몰아친 흙먼지로 인해 다소 지저분해져 있었다.

그리고 강기를 찢어발기던 도중에 생긴 충격 때문인지 자미쌍검을 쥔 손바닥에서 피가 한두 방울씩 뚝뚝 떨어져 내렸다.

그렇지만…… 고작 그뿐이다.

옷이 조금 찢겨진 것과 행색이 엉망이 된 것, 그리고 손바닥에 난 조금의 상처. 이와 반대로 이미 남세옥은 거의 전투 불능에 가까울 정도의 내상을 입어 버렸다.

동륜의 지배자인 그녀가 상대에게 겨우 저 정도의 부상만을 입힌 채로 병기가 박살이 나고, 심한 내상을 입고서 부러진 창의 아랫부분을 지팡이 삼아 간신히 몸을 지탱하는 것이 전부라니.

'……위험해.'

남세옥은 직감했다.

지금 이 순간 다시 비설이 치고 들어온다면 버텨 낼 수 없다고. 심하게 타격을 입은 지금, 다시금 강기가 날아든다면 막아 낼 재간이 있을 상황이 아니었다.

그렇지만 그녀는 이를 악문 채로 힘겹게 몸을 일으켜 세웠다.

자하도.

약하면 죽는 이곳에서 동륜의 주인이 된 여인. 그리 쉽사리 포기할 정도의 나약한 자였다면 지금까지 살아 있지도, 이곳의 주인이 되지도 못했다.

부러진 창을 들어 올리며 남세옥이 자세를 잡았다.

백절불요(百折不撓: 백 번 꺾이더라도 휘어지지 않는다).

완전히 끝날 때까진 끝난 게 아니다.

반쪽짜리 창, 그렇지만 그것만으로 아직 싸워야 할 이유는 충분했다.

어중간한 마무리로는 진심으로 패배를 승복할 수 없었으

니까.

날조차 남아 있지 않은 창이지만 부러진 날카로운 쪽으로 비설을 겨눈 남세옥이 원을 그리듯 옆으로 움직였다.

'계속해서 싸울 생각이야.'

투기가 사라지지 않은 남세옥의 눈을 보며 비설은 그녀의 마음을 알 수 있었다.

끝났다는 생각에 자미쌍검을 내리려던 비설 또한 마음을 돌렸다.

상대의 눈에 서려 있는 투기.

그 투기를 본 이상 무인으로서 그에 대한 대답을 해야 했으니까.

비설은 비스듬히 자미쌍검을 치켜세웠다.

'내상을 입은 상황, 방금처럼 강기 같은 막대한 내공을 사용하는 공격을 하지는 못할 거야.'

그렇다면 답은 하나.

근접전을 펼치려 들 게 분명했다.

그리고 비설의 예상대로 남세옥은 옆으로 움직이는 듯하다가 갑자기 전방으로 달려 나왔다.

땅을 발로 박차며 날아오른 그녀의 상체가 흔들렸다.

휘이익!

수십 개의 잔영들이 남으며 남세옥의 몸이 뚝 떨어져 내렸다.

동시에 부러진 창을 이용해 비설을 향해 빠르게 찌르고 들어왔다.

슈숙.

환영을 만들어 낼 정도로 빠른 움직임을 선보이는 남세옥의 공격을 눈으로 정확히 잡아낸 비설은 상반신을 좌우로 살짝 움직이는 것만으로 모조리 피해 냈다.

그리고 그러한 사실을 남세옥 또한 직감했다.

'들켰어!'

비설의 눈동자가 자신의 움직임을 정확히 잡아낸 걸 느낀 남세옥이 아래로 몸을 굽히며 회전했다.

촤르륵.

바닥에서부터 쓸 듯이 치고 올라간 창이 팽이처럼 돌며 비설의 가슴을 스치듯 베고 지나갔다.

팍.

손끝에 걸린 미미한 감각. 그렇지만 치명적인 공격을 가하기 위해 움직인 만큼 상반신이 비어 버렸다. 비설의 주먹이 기다렸다는 듯 왼쪽 가슴 아래를 파고들었다.

퍽!

허공으로 몸이 슬쩍 떠오르는 그 순간 비설이 번개처럼 회전하며 발을 움직였다.

그녀의 안다리가 남세옥의 목을 마치 뱀처럼 휘감았다.

목을 발 뒤편으로 움켜쥔 비설은 회전의 속도를 더해 그대로 허공을 몇 바퀴나 빙그르르 돌았다. 덩달아 목을 잡힌 채로 남세옥 또한 그대로 허공에서 회전하다 그대로 땅에 틀어박혔다.

콰앙!

비설이 일부러 방향을 조금 틀었기에 망정이지 그렇지 않았다면 남세옥은 목이 부러졌거나, 아니면 코뼈가 박살이 나도 이상할 게 없었다.

땅에 쓰러진 채로 꿈틀거리는 남세옥의 목 사이에서 슬그머니 발을 꺼내며 비설이 자리에서 일어났다.

남세옥은 바닥에 쓰러진 채로 푸들푸들 떨고 있었다.

숨이 막혔던 탓인지 그녀는 억지로 몸을 뒤로 뒤집어 하늘을 올려다봤다.

위쪽으로 시선을 돌린 남세옥의 얼굴은 피가 쏠린 탓인지 새빨갛게 달아올라 있었다.

그녀가 거칠게 기침을 토해 냈다.

"콜록, 콜록."

비설은 그런 남세옥이 아직도 꽉 쥐고 있는 창의 끝 부분을 발로 툭 쳐서 손에서 빠져나가게 만들었다. 무기를 손에서 놓지 않으면 다시금 덤벼들 수도 있다는 생각이 직감적으로 들었기 때문이다.

남세옥의 부러진 창을 날려 버린 비설은 곧 시선을 내려 자신의 상태를 살펴봤다.

마지막 그녀의 일격이 베고 지나간 가슴 언저리.

옷을 여미는 고름 부분이 터져 나가 있었다.

바닥에 쓰러져 있던 남세옥이 마찬가지로 비설을 바라보며 힘겹게 입을 열었다.

"……뭘 벤 건가 했는데 겨우 옷고름이었네."

분명 조금만 더 깊게 들어왔다면 깊은 부상을 줄 수 있는 공격이었다.

그렇지만 비설은 그걸 피해 냈고, 그 와중에 또 일격을 가했다.

종이 한 장 차이만으로도 생사가 바뀌는 무인의 세계. 그런 삶에서 이 정도의 차이라면 너무도 큰 것이었다.

그걸 알기에 남세옥은 스스로의 자존심을 세우기 위한 변명도, 핑계도 대지 않았다.

힘들었지만 조금씩 지금의 이 패배를 받아들이기 위해 생각에 잠겼을 뿐이다.

그녀가 비설의 손에 들려 있는 자미쌍검으로 시선을 주며 물었다.

"그거…… 자미쌍검?"

"맞아요."

예상은 했지만 자미쌍검이라는 사실을 알게 되자 남세옥의 얼굴엔 경외감이 차올랐다.

자미쌍검은 이곳 동륜에 사는 모든 여인들에게 무척이나 특별한 물건이었으니까.

그녀가 궁금하다는 듯 물었다.

"그건 어디서 난 거지? 우리 동륜을 만드신 일월백검향의 무기인데."

"아, 형님이 주셨어요."

비설은 손에 들린 자미쌍검을 슬쩍 바라보며 말을 받았다.

형님이라는 말에 저절로 남세옥의 시선이 멀리에 서 있는 혁련휘에게로 향했다.

그리고 마침 이 싸움이 끝났다 여겼는지 혁련휘가 환야, 달치와 함께 이쪽으로 걸음을 옮기기 시작했다.

그러자 뒤편에 있던 동륜의 여인들이 황급히 각자의 무기를 뽑아 든 채로 그들을 막아서기 위해 움직였다.

차앙! 창!

각자의 병기가 사방에서 뽑아져 나오는 그 순간.

"그만."

누워 있던 남세옥이 힘겹게 상체를 일으켜 세우며 입을

열었다.

동륜의 주인인 그녀의 명령에 뽑혀져 나왔던 병기들이 일순 머뭇거렸다.

그 상황에서 남세옥이 말을 이었다.

"무기들 거둬. 명령이야."

말을 하는 와중에도 남세옥의 입에서는 검은 피가 주르륵 흘러내렸다.

애써 가슴을 움켜쥔 채로 호흡을 가다듬는 그녀를 향해 혁련휘가 다가왔다.

그런 그를 향해 시선을 돌린 남세옥이 물었다.

"저 자미쌍검 정말 네가 준 건가?"

"맞아."

"오래전에 사라진 물건인데 대체 어디서 찾은 거지?"

"천마의 유지가 있는 그곳에 있더군."

무덤덤하게 말하는 혁련휘였지만 말을 들은 남세옥의 표정은 경악에 가깝게 변해 있었다.

혁련휘가 말하는 그곳은 자하도 내에서도 그 누구도 찾지 않는 장소였기 때문이다.

들어가게 되면 아무도 나올 수 없는 곳.

남세옥의 목소리가 떨려 왔다.

"거길…… 들어갔던 거야?"

"물론이지. 그리고 그 안에 있는 마지막 장소에 가기 위해서는 네가 가지고 있는 열쇠가 필요한 거고."

말을 마친 혁련휘는 주저앉아 있는 남세옥을 가만히 내려다봤다. 복잡해 보이는 표정 안에 많은 생각들이 비치는 듯했다.

혁련휘가 물었다.

"약속 지킬 건가?"

그의 질문에 남세옥은 혁련휘를 올려다보다 이내 힘겹게 손바닥으로 땅을 짚으며 일어서기 위해 애썼다.

수하 두 명이 황급히 다가와 도우려 했지만 남세옥은 손을 들어 그런 그녀들을 저지했다.

혼자의 힘으로 일어서겠다는 뜻이었다.

가까스로이긴 했지만 스스로의 힘으로 자리에서 일어난 그녀가 혁련휘와 마주했다.

그러고는 혁련휘의 옆에 서 있는 비설에게 남세옥은 시선을 돌렸다.

자신이 전력을 다했거늘 고작 경미한 찰과상 몇 개가 전부라니.

오랫동안 자하도에 살아오며 저토록 강한 여인은 본 적이 없다.

감탄했고, 한편으로는 무인으로서 질투심도 든다.

자신이 패했다는 사실을 인정하고 싶진 않았지만, 스스로가 가장 잘 알고 있었다.

남세옥이 입을 열었다.

"주지."

"또 다른 말을 하면 어쩌나 했는데 다행이군."

"그럴 일은 없어."

말을 마친 남세옥이 비설을 바라봤다.

자신을 이긴 여인.

그런 그녀를 바라보며 남세옥이 말을 이었다.

"……이긴 자가 모든 걸 갖는다. 네 말대로 그것이 자하도의 법이니까."

비설은 자신을 꺾었고, 그 도전을 받아 준 것 또한 본인이다.

도전을 받아 줬고 승패가 정해진 이상 그것에 따른 책임을 지는 건 당연했다.

패배한 자신은 자하도의 법칙에 따라 비설이 원하는 모든 걸 줘야 한다. 설령 그것이 이곳 동륜 수장의 자리라 할지라도.

남세옥이 말했다.

"그대 이름이 뭐지?"

"비설입니다."

자신을 향해 물어 오는 질문에 비설이 목소리에 힘을 주어 답했다. 그리고 그런 그녀를 향해 남세옥이 말을 이었다.

"원한다면 동륜의 수장 자리를 주지. 그대는 날 꺾었고, 또 자미쌍검의 주인이기도 하니까. 자격은 충분하다고 여겨지는군."

"……하하. 죄송한데 그건 좀."

비설이 뒷머리를 긁적이며 웃었다.

난처하다는 표정으로 비설은 옆에 있는 혁련휘를 바라봤다.

그런 비설의 눈빛에 남세옥이 미간을 찌푸리며 물었다.

"왜? 설마 이 사내 때문인가?"

물어 오는 남세옥의 질문에 비설이 슬그머니 눈치를 살피다 이내 고개를 끄덕였다.

거절할 이유는 무척이나 많았지만, 그중에 가장 큰 이유가 혁련휘였던 건 사실이었으니까.

비설이 말했다.

"자하도고, 중원이고를 떠나서 전 형님 없는 곳에서 살 자신이 없거든요."

"……."

그런 비설의 말에 남세옥은 침묵한 채로 이해 안 된다는 표정을 지어 보였다. 이곳 동륜은 여인들의 마을이었고, 그런 비설의 감정을 쉬이 이해하기 어려웠던 것이다.

하지만 남세옥 또한 더는 비설에게 그 같은 이야기를 꺼내지 않았다.

승자는 그녀였으니까.

결국 긴 침묵을 보이던 남세옥이 천천히 입을 열었다.

"좋아, 그럼 따라와. 약속대로 열쇠를 주지."

말을 마친 남세옥이 힘겹게 걸음을 옮기기 시작했다. 그리고 그런 그녀의 뒤로 혁련휘 일행과, 또 동륜의 여인들이 따라 걷기 시작했다.

마을 가운데에서 벌어진 싸움.

공터에서 시작된 싸움이었지만 워낙 강대한 내공의 소유자들의 충돌로 인해 가까이 있던 건물들과 길은 엉망이 되어 있었다.

그렇게 박살이 난 길을 따라 걷던 도중 마침내 남세옥이 어느 모종의 거처 앞에 이르렀다.

건물은 여타의 것들과는 모양이 달랐다.

마치 신을 모시는 신전을 연상케 하는 모양의 건물이었는데, 그곳에 앞에 선 남세옥이 뒤편에 있는 이들에게 말했다.

"기다려."

말을 마친 남세옥은 곧바로 홀로 그 안으로 걸어 들어갔다.

그녀가 사라지고 뒤편에 있는 동륜의 여인들의 날카로운 시선을 한눈에 받고 있던 환야가 슬그머니 입을 열었다.

"어휴, 비설이 있어서 다행입니다. 뒤편에서 살기등등하게 노려보는 저 여인들하고도 싸워야 했을지도 모른다고 생각하니 끔찍하군요."

말을 내뱉으며 환야는 뒤편에서 자신들을 노려보는 그녀들을 슬그머니 확인했다.

실로 운이 좋았다.

만약 비설이 없었더라면 아마도 이토록 쉽게 열쇠를 받을 수는 없었을 것이다.

그녀들은 결코 사내들에게 자하도의 법칙을 통용하려 하지 않았기 때문이다.

비설이 있어서 다행이라는 환야의 말에 혁련휘가 슬쩍 그녀에게 시선을 돌리며 입을 열었다.

"손바닥은 좀 어때?"

"아, 심하지 않으니까 걱정 안 하셔도 돼요."

강기를 찢어 버리는 무시무시한 일을 벌이는 도중 상처가 생겨 버린 손바닥이다.

상처가 깊지는 않았지만 길게 베인 듯한 흔적이 손바닥

에 자리 잡고 있었다.

별거 아니라는 말에도 혁련휘는 자신의 손을 내밀었다.

"줘 봐."

"에이, 형님 진짜 별거 아니라니까요. 이 정도는 그냥……."

"왜? 또 침 바르면 낫는다 하려고?"

평소 자신이 입버릇처럼 내뱉는 말을 혁련휘가 대신하자 비설이 재미있다는 듯 작게 웃음을 터트렸다. 그러고는 이내 고개를 저으며 말했다.

"어떻게 아셨어요?"

"매번 그러잖아. 어쨌든 그냥 침 바른다고 낫는 거 아니니까 빨리 줘 봐."

혁련휘가 내민 손을 가볍게 흔들자 비설 또한 어쩔 수 없다는 듯이 다친 손바닥을 내밀었다. 혁련휘는 그런 비설의 손바닥을 가볍게 자신의 손 위에 올리고는 이내 상처를 확인했다.

비설의 말대로 심하지는 않았지만 혁련휘는 그 상처만으로도 이미 표정을 잔뜩 찌푸렸다.

그가 말했다.

"다치지 말라고 했잖아."

"저 정도 실력자 상대로 그래도 이 정도면 정말 양호한 거 아니에요?"

"그래도 다친 건 다친 거지."

짧게 말을 받은 혁련휘는 곧바로 가지고 있던 금창약을 꺼내 그녀의 다친 상처 위를 조심스레 어루만졌다.

간단한 치료를 끝낸 혁련휘가 금창약을 품 안에 집어넣으며 말했다.

"상처 덧나지 않게 며칠은 조심하고."

"네, 형님."

비설은 다친 손을 반대편 손으로 감싸 안고는 기분이 좋다는 듯 헤실헤실 웃었다.

그렇게 치료가 끝나고 얼마 되지 않아 안으로 들어섰던 남세옥이 뭔가를 들고 걸어 나오고 있었다.

네모난 나무로 만들어진 통에는 기이한 무늬가 새겨져 있었다.

지척까지 다가온 그녀가 그 통을 혁련휘에게 내밀었다.

"받아."

혁련휘는 남세옥에게서 건네받은 나무 상자의 이음새를 풀고는 뚜껑을 슬쩍 들어 올렸다.

끼이익.

소리와 함께 열린 상자의 안쪽에서는 오랫동안 그곳을 지키고 있었던 열쇠 하나가 모습을 드러냈다. 긴 막대기 형태의 열쇠를 확인한 혁련휘가 고개를 끄덕이며 이내 그것을 꺼내 들었다.

그러고는 열쇠는 준비해 둔 전낭 안에 넣고 상자는 남세옥에게 돌려줬다.

아무런 대꾸도 없이 나무 상자를 돌려받았던 그녀가 이내 그것을 만지작거리다가 물었다.

"나머지 세 곳도 갈 생각인가?"

"물론이지. 이 열쇠 하나로 들어갈 순 없으니까."

"나야 그냥 이렇게 넘겨줬지만…… 나머지는 그리 쉽지 않을 거야."

"상관없어. 그것도 이미 염두에 두고 돌아온 거니까."

아무렇지 않게 대답한 혁련휘는 슬쩍 일행들에게 눈짓했다.

열쇠를 구했으니 더는 이곳 동륜에서 시간을 보낼 이유가 없었다.

혁련휘가 짧게 고마움을 표했다.

"약속 지켜 줘서 고맙군."

"당연한 일이니 고마워할 필요 없어. 그리고 그 인사는 나 말고 그쪽에 있는 비설이라는 여인에게 하는 게 좋겠군. 그 여인이 없었다면 우리를 전부 죽이기 전까지는 열쇠를 얻지 못했을 테니까."

"……."

확고한 남세옥의 말에 혁련휘는 고개를 끄덕이는 것으로 대답을 대신했다. 그러고는 뒤편에 있는 일행들을 향해 말했다.

"가지."

혁련휘의 그 말에 비설과 환야, 달치가 빠르게 뒤편으로 따라붙었다.

그들이 가려고 하는 길목에 빼곡하게 차 있는 동륜의 여인들.

그녀들이 막아서고 있는 앞으로 다가가자 남세옥이 소리쳤다.

"비켜 줘!"

그녀의 명이 떨어지자 여인들은 양쪽으로 갈라지며 혁련휘 일행이 나갈 수 있는 길을 만들어 줬다.

수없이 많은 여인들을 스쳐 지나가며 그들은 이내 동륜의 여인들이 모여 사는 마을을 빠르게 빠져나갔다.

떠나는 그때까지 여전히 살기 어린 시선을 보내던 여인들의 시선이 사라지자 그제야 환야가 살겠다는 듯 한숨을 내쉬었다.

"어휴, 이제야 좀 그 잡아먹을 것 같은 눈빛에서 해방된 것 같군요. 그나저나 어둑어둑해지고 있는데 어쩌실 생각이십니까?"

"이동해야지. 여기에 있을 순 없으니까."

혁련휘의 대답에 환야가 고개를 끄덕이다가 이내 궁금하다는 듯 물었다.

"아 참. 그럼 다음은 어디로 가실 생각이십니까?"

"북륜(北倫)으로 갈까 하는데."

감자만 줄곧 먹어 대던 탓에 힘없는 표정으로 터덜터덜 걷던 달치의 표정이 혁련휘의 그 한마디에 변했다. 그가 눈을 빛내며 말했다.

"북륜은 가면 고기 먹을 수 있다. 달치 배고프다."

"정말요?"

되묻는 비설을 보며 환야가 대신 대답했다.

"맞을걸."

환야는 좋다는 듯 앞장서서 걷기 시작한 달치의 뒷모습을 보며 나지막이 말을 이었다.

"……북륜이 저 녀석의 고향이거든."

* * *

달치의 고향인 북륜으로 향하는 혁련휘 일행의 발걸음은 바빴다.

얻어야 할 네 개의 열쇠 중 하나를 얻었고 주어진 시간은 그리 많지 못했다.

신도율이 마교를 정비하는 것보다 빠르게 자하도에서의 모든 일들을 끝내야 했기에 여유는 없었다.

자하도가 워낙 큰 섬이었기에 동륜에서 북륜으로 넘어가는 것만 해도 하루하고 반나절이 꼬박 걸렸다. 그리고 그 북륜 땅에 들어서자 여태까지와는 다르게 달치가 앞장서서 이들을 안내하기 시작했다.

북륜의 외곽 지역은 잘 모르던 달치였지만 이윽고 눈에 익은 장소에 도달했는지 그는 서슴없이 움직이고 있었다.

종종 오래된 장소를 지날 때면 머리를 긁적이며 고민하기도 했지만 달치는 곧 길을 찾아내 일행을 안내했다.

그런 달치의 뒤를 따르며 환야가 투덜거렸다.

"야, 맞는 길로 가는 거 맞긴 한 거야?"

"여기 달치 집이었다. 달치 여기 잘 안다."

"쩝."

걱정 말라는 듯 큰소리를 쳐 대는 달치를 보면서도 환야는 못 미덥다는 듯 입맛을 다셨다.

혁련휘의 옆에서 나란히 걷고 있던 비설이 이내 궁금하다는 듯 물었다.

"그런데 여기는 동륜처럼 뭐 특별한 거 없어요? 거긴 여자들만 사는 마을도 있고 그랬잖아요."

"글쎄. 사실 자하도의 구역들 각자가 그곳을 지배했던 사대마신에 영향을 받았거든. 그 여파가 조금씩 남아 있긴 한데 세월이 많이 지나서 예전보다는 좀 덜해지긴 했지. 이곳을 지배했던 놈은 사대마신 중에서 포악하기로 악명 높았던 자라고 들었어. 그래서인지 거친 놈들이 제법……."

"여기 사람들 착하다. 어릴 땐 나쁜 사람 많았는데 크니까 다들 달치한테 잘해 줬다."

옆에서 달치가 불쑥 끼어들자 환야가 인상을 찌푸린 채로 말했다.

"……잘해 준 게 아니라 겁먹은 거라고 몇 번을 말하냐."

"환야는 뭘 모른다. 여기 사람들 달치 보면 웃으며 인사도 해 준다."

"그게 무서워서 그러는 거라니까?"

답답하다는 듯 말하는 환야, 그때 여태까지 침묵하고 있던 혁련휘가 천천히 입을 열었다.

"그런데 아까부터 같은 장소를 빙빙 도는 것 같지 않아?"

혁련휘의 말이 떨어지자 환야가 동조하고 나섰다.

"대장도 그렇죠? 저도 왠지 이상하게 비슷한 곳들이 눈에 보이는 것 같다고 생각했는데……."

환야는 앞장서서 걷고 있는 달치의 등을 노려보며 말했다.

혁련휘까지 나서자 달치가 자리에 멈추어 선 채로 머리를 긁적였다.

그가 주변을 두리번거리며 중얼거렸다.

"달치 여기 안다. 여기 달치 고향이다. 찾으면 찾을 수 있다."

"알고 있어. 그런데 아무래도 오랜만이라 길 찾기가 조금 어려운 모양이구나."

혁련휘가 다독이듯 말했고, 그런 그의 말투에 달치는 고개를 끄덕였다.

뭔가 길을 못 찾고 있음을 알게 되자 비설이 조심스레 물었다.

"형님, 어쩌죠?"

"어쩌긴. 가장 좋은 방법이 있지."

"좋은 방법이요?"

"이곳 북륜의 길을 가장 잘 아는 게 누구겠어?"

"그거야…… 여기 사는 현지인이겠죠."

"맞아. 그러니 길 말고 현지인을 찾도록 하지."

계획을 변경한 혁련휘는 곧바로 다른 방향으로 성큼 움직였다.

북륜에는 와 본 적이 있긴 하지만 이 넓은 땅의 세세한 모든 곳들을 아는 게 아니다.

그랬기에 혁련휘는 길이 아닌 사람을 찾아 움직이기 시작했다.

달치가 안내해 줬던 것과는 완전히 다른 길로 들어선 혁련휘는 빠르게 주변의 인적을 찾으며 움직였다. 그렇게 약 일각가량을 주변을 돌며 인적을 찾던 도중, 뭔가를 발견한 환야가 번쩍 손을 들어 올렸다.

"대장, 여기 불을 피웠던 흔적이 있습니다."

말을 마친 환야는 황급히 허리를 굽혀 타 버린 나무들에 손을 가까이 가져다 댔다.

불은 꺼져 있었지만 느껴지는 미약한 온기.

자신을 바라보는 혁련휘를 향해 환야가 고개를 끄덕이며 대답했다.

"얼마 안 된 것 같습니다."

"좋아, 그들을 찾는다."

말을 마치고 그들의 발자국을 확인하며 움직인 지 얼마 되지 않아 이내 혁련휘 일행은 멀찍이서 걷고 있는 일련의 무리를 발견했다.

여섯 명으로 구성된 그들은 하나같이 덩치가 산만 했고, 떡 벌어진 어깨의 소유자들이었다. 거구의 사내들은 커다란 무기를 든 채로 어깨에는 오늘 사냥한 듯 보이는 동물들을 짊어지고 있었다.

한눈에 봐도 위험하기 그지없어 보이는 이들.

그들은 뭐가 그리도 좋은지 서로의 얼굴을 보며 낄낄거리며 걷고 있었다.

그런 그들의 뒤편으로 혁련휘가 빠르게 다가갔다.

거리가 많이 좁혀질 때까지 이들의 움직임을 읽어 내지 못했던 거구의 사내들.

약 삼 장 정도로 거리가 좁혀지자 먼저 그들에게 다가간 혁련휘가 입을 열었다.

"어이."

뒤편에서 갑자기 들려온 목소리에 여섯 명의 거한들이 화들짝 놀란 듯 고개를 돌렸다.

그러고는 이내 뒤편에 있는 혁련휘를 발견하고는 표정을 구겼다.

"못 보던 얼굴인데?"

"그나저나 어이라니. 설마 우릴 부른 거냐?"

두 명의 사내의 말에 혁련휘가 고개를 끄덕이며 답했다.

"맞아. 너희 여섯 명."

자신들을 불렀다는 말에 그들은 기가 차다는 듯, 짊어지고 있던 사냥한 동물을 옆에 내팽개쳤다.

그러고는 목을 꺾는 시늉을 하며 흉흉한 분위기를 내비쳤다.

"뭐하는 놈이야? 여기 북륜 놈이 아닌 외부인인 것 같은데."

"그런 것까진 알 거 없고. 그냥 하나 묻고 싶은 게 있어서 그러는데 이곳의 수장을 만나려면 어디로 가야 하지?"

"……이 새끼가 미칠 거면 곱게 미쳐야지."

처음부터 뒤편에서 자신들을 부른 혁련휘를 마음에 들어 하지 않았던 그들이다. 더군다나 누군가가 뭔가를 묻는다고 해서 그냥 순순히 대답해 줄 성격도 아니었다.

애초부터 뭘 묻는다고 해도 대답해 줄 생각은 눈곱만큼도 없었던 것이다.

사내 중 하나가 비웃음을 흘리며 말했다.

"됐고, 마침 잘 걸렸네. 사냥이 너무 시시해서 몸이 좀 근질거렸는데 네놈의 배때기를 가르고, 그 가죽을 벗겨서……."

신명 나게 소리치던 사내의 목소리가 갑자기 점점 잦아들었다.

그런 사내의 모습에 마찬가지로 히죽거리며 웃던 다른 이들의 시선이 그에게로 향했다.

그리고 말을 멈춘 사내는 멍한 눈으로 어딘가를 응시하

고 있었다. 그런 동료를 향해 다른 거구의 사내가 물었다.

"어이, 왜 그래?"

"어, 어어……."

더듬거리며 한쪽을 가리키는 사내. 그런 그의 손짓에 다른 다섯이 그쪽으로 시선을 줬을 때였다.

그곳에서는 뒤늦게 따라온 비설과 환야, 달치가 다가오고 있었다.

그리고 그들을 기겁하게 만든 건…… 달치였다.

달치가 그들을 발견하고는 방긋방긋 웃으며 다가왔다.

오랜만에 본 고향 사람들을 향해 반갑다는 듯 다가오는 달치, 그리고 그런 그와 다르게 정작 여섯 명의 거구의 사내들은 뻣뻣하게 굳은 채로 아무런 움직임도 보이지 못하고 있었다.

달치가 신이 나서 그들에게 다가가 말했다.

"이 얼굴 안다. 달치 이 사람 안다."

웃으며 말한 달치는 곧 그중 한 명의 어깨에 손을 둘렀다.

그러자 그는 새하얗게 질려서는 부들부들 떨기 시작했다.

그런 상대를 바라보며 달치가 여전히 웃는 얼굴로 말했다.

"달치 너 안다. 너도 달치 안다."

"오, 오, 오랜만에……."

얼마나 무서운지 몇 번이고 더듬거리면서도 사내는 채 끝까지 말을 잇지 못했다.

그리고 그건 굳이 어깨동무를 한 그자만의 일이 아니었다.

다른 이들 모두가 달치를 알고 있는지 덩치에 안 어울리게 공손히 양손을 앞으로 모은 채로 고개를 숙이고 있었다.

누가 봐도 한껏 겁에 질려 있는 게 보이거늘 당사자인 달치는 그것도 모르고 다른 이들의 얼굴을 보면서 신명 나게 외치고 있었다.

"어? 달치 너도 안다. 너도 본 적 있다."

반갑다는 듯 손을 움켜쥐고 흔드는 달치의 모습을 멀찍이서서 바라보며 환야가 옆에 있는 비설의 어깨를 툭 쳤다.

"뭐로 보이냐, 저게? 좋아하는 걸로 보여?"

"……겁먹은 걸로 보이는데요."

"그렇지?"

북륜 사람들은 착하고 자기한테 잘해 줬다고 말해 대던 달치의 말을 떠올리며 환야는 고개를 절레절레 저었다.

그때 혁련휘가 말했다.

"달치야, 잠깐 비켜 봐."

신이 나서 여섯 명의 거구 사내들 사이를 이리저리 헤집고 다니던 달치는 혁련휘의 명령을 듣자 갑자기 옆으로 성큼 물러나며 고개를 끄덕였다.

"알았다, 주인."

달치의 입에서 나온 주인이라는 말.

그것의 의미를 잘 알기에 여섯 명의 사내들의 얼굴은 핏기조차 찾기 힘들 정도로 창백해져 있었다.

이 괴물 같았던 달치에게 주인이라니?

그럼 이자는 얼마나 더 위험한 자라는 소리인 것인가.

특히나 혁련휘의 배를 갈라서 가죽을 벗겨 내겠다고 호언장담하던 이의 얼굴은 특히나 가관이었다.

혁련휘가 그들 여섯을 바라보며 다시금 말했다.

"슬슬 내 질문에 대한 대답을 할 생각이 든 것 같은데."

*　　*　　*

북륜의 주인, 구주염라(九州閻羅) 포숭(抛崇)은 무척이나 성격이 포악했다.

그는 커다란 쇠몽둥이를 무기로 사용하는 자였는데, 그 힘이 얼마나 강한지 단 일격에 어지간한 이들의 병기와 두개골을 함께 박살 내 버릴 정도다.

보통 사내의 두어 곱절은 될 법한 팔뚝을 지닌 그는 동물의 가죽으로 꾸며져 있는 자신의 의자에 앉아 거칠게 고기를 뜨고 있었다.

식탁 위에는 갖가지 음식들과 술까지 있었다.

포숭의 양옆에는 아리따운 여인들이 자리한 채로 그런 그의 비위를 맞추고 있었다.

그는 술을 한 잔 마시고는 곧바로 양옆에 있는 여인들을 향해 음흉한 미소를 내비쳤다.

포숭이 좋아하는 것이 네 가지가 있었는데, 그건 고기와 술, 싸움과 여자였다.

그랬기에 포숭은 지금의 삶에 무척이나 만족하고 있었다.

자신이 법인 세상, 이 얼마나 매력적인가?

거칠게 술을 들이켜며 능글맞은 웃음을 짓는 포숭. 그가 지저분하게 난 수염에 묻은 술을 손등으로 닦아낼 때였다.

그의 수하가 황급히 안으로 뛰어 들어왔다.

얼굴에 가득한 다급함, 그렇지만 포숭은 짜증 섞인 표정으로 수하를 향해 입을 열었다.

"내가 분명 방해하지 말라고……."

"와, 왕이시여. 지금 그게 문제가 아닙니다."

각 지역마다 자신들의 수장을 부르는 호칭은 달랐고, 그건 그 자리에 오르는 자가 내키는 대로였다. 그리고 포숭은 자신이 왕이라 불리길 원했다.

포숭이 수하의 행동에 이를 부득 갈며 자리에서 일어났다.

상체를 벗고 있는 탓에 꿈틀거리는 근육들이 눈에 들어왔다.

그가 화난 목소리로 말했다.

"감히 내 말을 끊어?"

"하, 하지만 그보다 중요한 것이……."

"이 새끼가 끝까지? 내 말보다 중요한 게 이곳 북륜에 뭐가 있더냐! 그 입을 확 찢어 버려야 정신을 차리겠구나."

버럭 소리치며 자리를 박차고 수하를 향해 두어 걸음 내딛는 그 무렵이었다.

열려 있는 문을 통해 누군가가 불쑥 모습을 드러냈다. 아무런 기척도 없이 안으로 들어서는 상대의 모습에 포승이 기가 차다는 듯 웃음을 터트렸다.

"하! 이곳이 어디인데 감히 마음대로 드나……."

상대의 얼굴을 보는 그 순간 치솟던 분노가, 그보다 훨씬 빠른 속도로 사그라졌다.

가장 먼저 안으로 걸어 들어온 이, 그건 다름 아닌 달치였다.

그리고 달치를 보는 그 순간 이곳까지 안내해 온 여섯 명의 거한들이 그랬던 것처럼 북륜의 주인인 포승조차 기겁하고 있었다.

'미, 미친. 저 괴물이 살아 있었어?'

포숭은 자신의 눈을 비볐다.

가짜이길 바랐다.

지금 자신이 환영을 보는 거라고.

그렇지만 몇 번이고 눈을 비비고 눈을 끔뻑거려도 봤지만 변하는 건 없었다. 자신의 눈앞에는 오래전 사라져, 이제는 죽었다고 생각했던 달치가 자리하고 있었다.

포숭은 달치와 우치 둘 모두를 알았다.

두 사람 모두에게 된통 당해 본 경험이 있던 그인지라 달치를 마주하는 것만으로 그때의 기억이 떠올라 사시나무 떨듯이 부들거릴 수밖에 없었다.

그런 달치의 뒤로 나머지 일행 셋이 안으로 들어섰다.

달치는 앞에 차려져 있는 커다란 상을 발견하고는 눈을 빛냈다.

그는 놀란 채 서 있는 포숭은 신경도 안 쓰고 후다닥 그곳으로 달려갔다.

그러고는 이내 자리에 앉아 커다란 고기를 집어 우적우적 씹어 먹기 시작했다.

고기를 먹으며 달치가 다른 이들에게 손짓했다.

"다들 와라. 여기는 달치한테 음식 차려 준다. 다들 달치 좋아한다."

"……하아, 좋아하는 게 아니라니까."

한숨과 함께 환야가 터덜터덜 걸어왔다.

그리고 슬쩍 눈치를 살피던 비설 또한 빠르게 달치의 옆으로 다가가며 포숭의 옆자리를 지키고 있었던 여인들을 향해 말을 건넸다.

"잠시 실례할게요."

말을 마친 비설 또한 자리에 앉아 식사를 하기 시작했다.

그런 두 사람의 옆으로 혁련휘와 환야도 가서 자리했고, 여인들은 놀란 듯 자리에서 일어나 거처를 빠져나갔다.

포숭은 그런 그들의 모습을 그저 제자리에 서서 멍하니 바라만 볼 수밖에 없었다.

북륜의 주인인 자신이 눈앞에 있거늘 아무렇지 않게 자신의 식탁을 차지해 버린 네 사람. 문제는 그럼에도 불구하고 아무런 말도 할 수 없는 자신의 상황이라는 거다.

이곳 북륜은 오래전 우치가 지배했던 곳이다.

그리고 어느 날 갑자기 우치가 사라지고 그로부터 십여 년 정도가 흐른 후 포숭이 이곳의 주인이 되었다.

허나 포숭은 허울뿐인 수장이었다.

우치가 떠난 이후 이곳의 최강자는 달치였으니까.

이곳 북륜에 사는 자라면 달치를 모를 수 없다.

그는 바로 지금처럼 저런 천진난만한 얼굴을 한 채로 여기저기를 헤집고 다녀 댔으니 말이다.

그러던 중에 우치의 뒤를 이어 달치도 갑자기 사라졌다.

처음엔 사라졌던 달치가 다시금 모습을 드러내지 않을까 눈치를 봤지만 이토록 긴 시간이 지나자 그러한 걱정도 점점 퇴색되어 갔다.

그 탓에 이제는 달치라는 이름조차 기억에서 지우고 살았는데…….

죽었을 거라 여겼던 달치가 갑자기 나타난 것이다.

잔뜩 움츠러든 채로 서 있는 포숭, 그리고 순식간에 배를 채운 달치의 눈에는 그제야 그가 들어온 모양이다.

포숭을 바라보던 달치가 갑자기 손가락으로 그를 가리키며 말했다.

"달치 너 안다. 이름도 안다. 이름이……."

말을 하던 달치는 기억이 안 나는지 잠시 표정을 찡그리고 있다가 이내 생각났다는 듯 손뼉을 쳐 대며 말을 이었다.

"원숭이다. 맞다, 원숭이다."

기억해 냈다는 듯 좋아하는 달치를 바라보며 포숭은 치밀어 오르는 화를 애써 감추며 힘겹게 입을 열었다.

"……포숭입니다."

9장. 눈치

— 언제 가실 겁니까?

혁련휘 일행은 북륜의 수장인 포숭에게서 좋은 거처를 안내받았다.

몇 날 며칠이고 쉬고 가도 된다는 맘에도 없는 거짓말이 눈에 보이긴 했지만…….

싸우려는 의사가 보이지 않는다 판단되긴 했지만 혹시 모를 만약의 상황을 대비하여 혁련휘 일행은 커다란 방 하나에 같이 기거하기로 했다.

이곳은 자하도였기에 방심을 풀 순 없었다.

침상 네 개가 있는 커다란 방에 들어선 비설은 곧바로 자신의 자리에 가서 앉았다.

그녀가 앉은 채로 길게 기지개를 켜며 주변을 둘러봤다.

커다란 방 안은 이것저것 신경 쓴 티가 역력했다. 호화로운 거처에 비설이 혀를 내두르며 중얼거렸다.

“며칠 전 동륜에서는 감옥에서 지냈는데 여기선 또 귀빈 대접이네요.”

누가 봐도 알 정도로 북륜의 인물들은 달치를 보면 깜짝 놀라 말도 제대로 하지 못했다.

그가 이곳에서 어떻게 생활했는지 굳이 보지 않아도 알 것만 같았다.

비설이 자신의 침상에 눕는 달치를 향해 웃는 얼굴로 말했다.

“아저씨 덕분인 것 같아요. 덕분에 맛있는 것도 잘 먹었어요, 달치 아저씨.”

“비설은 달치 친구다. 당연히 같이 먹는다.”

비설의 칭찬에 달치가 기분 좋게 웃으며 말을 받았다.

잠시 달치와 이야기를 섞던 비설이 아쉽다는 듯 한숨을 쉬며 중얼거렸다.

“하아, 곧 떠난다니 아쉽네요. 여기는 동륜처럼 감자만 먹지 않고 그나마 제대로 된 식사를 할 수 있었는데 말이죠.”

한시가 급한 상황.

의미 없이 보내는 시간을 최대한 줄여야 했지만 지금은 어쩔 수 없이 쉬어야 했다. 그건 혁련휘가 얻으려 하는 열쇠가 이곳이 아닌 좀 떨어진 곳에 따로 보관하고 있었던 탓이다.

열쇠를 찾아오기 위해 북륜의 인원들이 움직였고, 그것만 해도 몇 시진은 걸릴 거라 들었다.

그랬기에 기다리기도 할 겸, 밤도 늦어 하룻밤 이곳에서 쉬기로 정한 것이다.

그래도 달치 덕분에 이곳 북륜에서는 동륜처럼 싸우지 않고도 목표한 열쇠를 쉽게 얻을 수 있게 됐다.

달치를 본 그들은 전의조차 상실한 모양새였다.

환야가 달치를 보며 혀를 내둘렀다.

'대체 얼마나 애들을 쥐 잡듯 잡고 다녔으면 하나같이 찍소리를 못하냐.'

북륜의 수장이라는 작자가 시선을 피하는 모양새를 보아하니 옛날에 얼마나 된통 당했을지 안 봐도 알 것만 같았다.

그렇게 모두가 짐을 풀고 조금 숨을 돌렸을 무렵, 손님이 찾아왔다.

포숭이었다.

그가 커다란 덩치에 어울리지 않는 조심스러운 발걸음으

로 방 안으로 들어섰다.

포숭이 말했다.

"방은 괜찮으십니까?"

포숭의 말이 향하는 건 혁련휘를 향해서였다.

사실 그는 적잖이 놀란 상황이었다.

자신이 아는 달치는 누군가를 따를 사내가 아니라 여겼다.

그런 달치가 처음 보는 사내를 향해 주인이라 부르며 순종적으로 구는 모습을 보며 포숭은 이 일행의 우두머리가 혁련휘라는 사실을 알아차린 것이다.

그렇다 보니 혁련휘를 향한 말투 또한 덩달아 조심스러울 수밖에 없었다.

저 달치가 따른다는 건 그보다 더 강하다는 말이기도 했다.

"괜찮아. 그보다 무슨 일이지? 혹 열쇠가 도착한 건가?"

"아, 그건 아직입니다. 거리가 좀 멀어서 아마 두 시진 정도는 더 지나야 돌아올 겁니다."

말을 하며 포숭은 이들의 눈치를 살폈다.

사실 포숭이 이곳에 찾아온 건 이들이 이곳에 온 이유를 알고 싶어서였다.

그리고 결정적으로는 언제 여기를 떠날 것이고, 또 어디에서 지낼 것인지도.

한마디로 달치가 이곳 북륜으로 돌아올까 염려하는 것이었다.

달치의 성격상 이곳 북륜의 수장 자리를 탐하지는 않을 게다.

그렇지만 그가 있는 것만으로 포숭은 너무 많은 걱정을 끼고 살아야 했다.

그가 조심스레 물었다.

“저…… 달치 님, 그간 어디서 지내셨는지…….”

“달치, 주인이랑 같이 있었다.”

너무도 당연한 대답에 포숭은 짜증이 치밀었지만 그런 속내를 드러낼 순 없었다. 그가 억지웃음을 얼굴에 가득 지은 채로 말했다.

“그러시군요. 그런데 갑자기 돌아오셨는데 이제 영영 이곳에서 사신다거나 뭐 이런 걸로 봐야 할지…….”

차마 끝까지 말을 잇지 못하겠는지 포숭이 얼버무렸다.

그런 그의 질문에 달치가 고개를 저으며 대답했다.

“달치 여기서 안 지낸다. 달치 할 거 많다.”

“그, 그렇군요.”

대답을 하는 포숭의 표정이 한결 밝아졌고, 그런 모습을 멀찍이서 보고 있는 환야는 그저 고개를 저을 뿐이었다.

말만 하지 않을 뿐이지 얼굴에서 속내가 그대로 드러났기 때문이다.

'간다는 말이 얼마나 좋으면 표정을 못 감추네.'

달치가 그런 포숭을 향해 말했다.

"주인이 열쇠만 받으면 내일이라도 떠난다 했다. 근데 여기 자하도 음식 별로다. 갈 때 고기 좀 싸 줘라."

"물론이죠! 얼마든지 챙겨 드리겠습니다."

열쇠만 받으면 금방 떠난다는 말에 포숭은 쌍수를 들어 환영할 수밖에 없었다.

달치가 금방 떠나기만 한다면 그깟 고기 정도 얼마든지 내줄 수 있었다.

기분이 좋아진 포숭이 이내 말을 이었다.

"그나저나 열쇠가 필요하다는 건 천마의 유적에 가실 생각이신 겁니까?"

물어 오는 질문에 달치가 고개를 끄덕였다.

"맞다. 달치 거기 간다."

"그 위험한 곳에 왜……."

자신도 모르게 진심을 말하다가 포숭은 아차 했다. 차라리 그곳에 가서 죽는 게 자신의 입장에서는 낫기 때문이다.

괜한 말로 천마의 땅으로 향하는 이들의 발목을 잡은 게 아닐까 눈치를 보았지만 달치는 전혀 신경 쓰지 않는 듯했다.

달치가 말했다.

“우치 패거리와 싸워야 한다. 우리 힘이 더 필요하다.”

“……우치 님이요?”

우치라는 말에 포숭의 얼굴빛이 변했다.

달치도 분명 두려운 존재였던 건 사실이지만 우치는 그와는 또 달랐다.

그는 달치와는 다르게 욕심이 많았고, 훨씬 더 잔인했다.

우치가 이 북륜을 지배할 때 그가 벌였던 수많은 일들을 옆에서 보아 왔던 포숭이 아니던가.

우치의 이름이 나오는 것만으로도 포숭은 얼굴을 굳혔다.

달치에 이어 우치까지.

모두 갑자기 사라졌기에 죽었다 여긴 이들이다.

그런데 달치는 그런 우치를 만났던 모양이다.

포숭이 힘겹게 물었다.

“우치 님이 살아 계십니까?”

“아저씨도 그 사람 알아요?”

침상에서 이야기를 듣고만 있던 비설이 물었고, 포숭은 고개를 끄덕이며 대답했다.

“물론이죠. 한때 이곳을 지배했던 분이니까요.”

말을 하며 포숭은 달치의 눈치를 살폈다.

달치와 우치, 모두를 알았기에 둘 사이의 관계도 잘 알았다.

달치가 우치에게 언제나 죽기 직전까지 괴롭힘을 당했던 것도, 그로 인해 큰 공포감을 가지고 있다는 사실도 안다.

"저 괜찮으십니까? 우치 님 이름만 나와도 많이 무서워하셨던 걸로 기억하는데……."

"괜찮다. 이제 달치는 우치 안 무섭다."

달치는 자신의 주먹을 들어 올리며 힘차게 말했다.

혁련휘와 환야를 대신하여 죽음을 불사하며 싸웠던 그때 이미 우치에 대한 두려움은 눈 녹듯 사라진 상황이다.

자신의 힘이 우치에 비해 모자라지 않다는 사실도 알았고, 더는 그로 인해 소중한 이들을 다치게 하지 않을 거라는 확고한 결심도 섰다.

그런 달치에게 우치란 존재는 더는 두려움의 대상이 아니었다.

달치에 이어 우치의 이름까지 나오자 포숭의 표정은 더욱 복잡해졌다.

둘 중 그 누가 됐던 이곳 북륜으로 돌아오게 된다면 자신의 자리가 위태로웠으니까.

더군다나 달치라면 눈치를 보고 비위만 맞춰 주면 그만

이었지만 그 대상이 우치라면…… 아마 이곳의 수장의 자리에 있는 자신부터 때려죽일 것이다.

그랬기에 포승은 알아야 했다.

지금 우치가 어디에 있는지를.

그리고 그가 왜 이토록 오랜 시간 북륜에 모습을 보이지 않았는지도.

포승이 물었다.

"저…… 죄송한데 우치 님은 어디에 계십니까?"

그가 왜 그런 질문을 던지는지 너무나 잘 알았기에 혁련휘는 대화가 길어지지 않도록 포승이 알고자 하는 정확한 대답을 던졌다.

"걱정하지 마. 우치가 있는 곳은 중원이라 다시 만날 일은 없을 테니까."

혁련휘의 대답, 안도할 수 있는 말이었지만 포승은 놀란 듯 물었다.

"……중원이요? 설마 자하도 바깥세상을 말씀하시는 겁니까?"

"맞아."

"그곳에…… 우치 님이 계신다고요?"

혁련휘가 고개를 끄덕이자 그는 믿기지 않는다는 표정을 지어 보였다.

자하도에 사는 사람에게 이 섬의 바깥이란 그저 환상 속의 세상에 불과하다.

그런 중원이라는 곳으로 우치가 나갔었다니?

그동안 왜 우치가 살아 있음에도 불구하고 모습을 보이지 않았는지 이제는 알 것만 같다. 자하도에 있었다면 결코 이토록 긴 시간 은거한 채 살아가지 않았을 테니까.

그리고 지금 혁련휘가 내뱉은 말은 또 하나의 사실을 말해 주고 있었다.

정말로 우치가 중원에 있다는 말이 사실이라면 그건 곧…… 이들도 중원에서 왔다는 걸 뜻한다는 걸.

그렇지 않고서야 우치를 만날 수도 없었을 테고, 그가 그곳에 있다는 사실을 알 턱이 없지 않은가. 그리고 우치와 마찬가지로 갑자기 사라졌던 달치의 행적 또한 그런 자신의 생각이 틀리지 않을 거라는 확신을 주는 데 일조했다.

포숭이 다급히 말을 이었다.

"정말로 중원에서 오신 겁니까? 이곳 자하도보다 몇백 배 이상 크다는 그곳에서요?"

"왜? 중원이라는 곳이 궁금한가."

"그럼요. 이야기로만 듣던 곳이니까요."

궁금하다는 듯 물어 오는 포숭을 향해 혁련휘가 차분하게 말을 받았다.

"거기 가면 왕 노릇은 못할 거야."

"어휴, 애초에 나갈 생각도 없었습니다. 전 여기가 좋습니다."

사실 포숭은 달치와 우치가 사는 중원이라는 곳에 가고 싶은 생각은 눈곱만큼도 없다. 이곳에서는 자신이 왕이었지만 그곳으로 간다면 그 모든 걸 잃게 될 테니까.

자하도에서 살아가는 것에도 아무런 불편함이 없는 그가 굳이 그런 밑바닥으로 떨어질 경험을 감내할 이유는 없었다.

포숭이 조심스레 물었다.

"그렇다면 달치 님은 다시 중원으로 가시겠다는 말씀이십니까?"

"맞다, 달치 그곳으로 돌아간다."

거기까지 이야기를 듣자 포숭은 속으로 긴 안도의 한숨을 내쉬었다.

떠난다고 이야기는 들었지만 자하도에 있다면 언제라도 돌아올 수 있지 않은가.

그렇지만 정말로 중원이라는 곳으로 나간 것이고, 이번에 우치의 일로 돌아왔다는 말이 전부 사실이라면…… 죽을 때까지 다시금 달치를 볼 일은 없을지도 모른다.

그리고 포숭은 이왕이면 달치가 우치를 죽였으면 하는

바람이 있었다.

우치라는 존재가 살아 있다는 것만으로 다리를 펴고 자기 힘들었으니 말이다.

포숭이 전의를 불태우며 말했다.

"달치 님. 반드시 목표를 이루시길 바랍니다. 우치 님이 위험한 자이긴 하지만 승산이 없는 건 아니지요. 조심만 하신다면 달치 님이 반드시 이기실 겁니다."

포숭의 말에 달치 또한 고개를 끄덕이며 그런 그의 말을 받았다.

"달치가 이제 우치 이긴다. 나 말고도 여기 있는 사람 모두가 우치 이긴다. 아…… 환야는 못 이긴다."

달치가 갑자기 말꼬리를 흐리다가 자신을 언급하자 환야가 버럭 하고 나섰다.

"아니거든?"

"환야 우치한테 깨졌다."

"그거야 너 구하려다 그렇게 된 거지. 제대로 붙으면 나도 안 지거든?"

"환야는 거짓말 너무 잘한다."

"이게 진짜……."

열불이 터진다는 듯이 환야가 자신의 가슴을 두드렸다.

그런 그들을 바라보는 포숭의 얼굴에 경악스러움이 스치

고 지나갔다.

우치의 실력을 잘 알았기 때문이다. 그런데 이곳에 자리하고 있는 네 사람 모두가 우치를 이길 수 있다 말하고 있다.

물론 달치가 한 명은 빼야 한다 말하고 있었지만 막상 당사자는 아니라고 부득부득 우기는 걸 보아하니…… 설령 진다 할지라도 그리 큰 실력 차가 나는 건 아닌 듯 보였다.

화가 난다는 듯이 방방 뛰는 환야를 보던 포숭이 슬슬 궁금한 것을 모두 파악했다 여겼는지 그런 그들을 향해 말을 걸었다.

"전 그럼 열쇠가 들어오는 대로 다시금 말씀드리러 오겠습니다. 푹 쉬시다가 용무가 끝나시면 그때 편안하게 가시지요."

방긋방긋 웃으며 인사를 마친 포숭이 이내 네 사람이 머무르는 방을 빠져나갔다.

그리고 그가 사라진 곳을 바라보던 비설이 픽 웃으며 중얼거렸다.

"금방 간다니까 어지간히 좋아하는데요?"

"그러게 말이다."

말을 내뱉으며 환야는 곁눈질로 달치를 바라봤다.

그는 뭐가 그리도 좋은지 싱글벙글 웃으며 포숭이 사라

진 쪽을 가리키며 말했다.

"봐라. 여기 사람들 달치 좋아한다. 갈 때 고기도 챙겨준다고 했다."

"무서워하는 거라니까!"

환야가 기가 막힌다는 듯이 소리쳤다.

*　　*　　*

혁련휘가 한참 자하도 내부를 돌며 천마의 마지막 무공을 얻기 위해 한창일 무렵.

신도율 또한 마교에서 벌어지고 있는 수상한 일들의 뒤를 캐고 있었다. 그렇지만 그 범인을 찾는 건 생각보다 쉽지 않았다.

처음 시작은 가짜로 추정되는 혁무조의 등장이었다.

그리고 마교 내부 주요 거점들에서 일사불란하게 이어진 화제.

급기야는 신도율의 편에 선 이들이 암살을 당하는 일이 벌어졌다.

하룻밤 사이에 몇 명씩 죽어 나가기 시작하더니 열흘 정도가 지난 지금 무려 오십여 명이 넘는 신도율의 측근들이 목숨을 잃었다.

당연히 마교의 분위기가 좋을 리가 없었다.

최근 들어 벌어진 여러 가지 사건들로 인해 점점 안정되어 가던 마교 내부는 오히려 시끄러워져 갔다.

어둠 속에 홀로 자리한 신도율은 턱을 괸 채로 상념에 잠겨 있었다.

'대체 누구냐?'

적이 누군지도 가늠하지 못한 상황.

그렇지만 하나 확실한 건 이 모든 걸 벌이는 것이 한 명일 가능성이 높다는 거다.

흔적을 남기지 않는 치밀함, 그리고 깨끗한 뒤처리까지.

가짜 혁무조 사건이나 화재, 그리고 암살까지. 각자 다른 사건들임에도 불구하고 왠지 모를 비슷한 냄새가 난다.

암살을 당한 이들 중에는 어중간한 수준의 무인들도 있었지만 일부는 마교에서도 알려진 절정 고수들이기도 했다. 그런 그들이 반항도 하지 못하고 죽을 정도라면…….

대단한 수준의 고수, 그런 자가 이번 일을 이끌고 있다.

이미 마교 내에서 이 같은 일을 벌일 정도의 실력자들은 모두 감시망 안에 오른 상황, 그런데도 불구하고 계속해서 사건은 벌어지고 있다.

그 말은 곧…….

'내가 파악하지 못한 고수가 있다는 건가?'

생각이 길어질수록 복잡해지는 머리에 신도율이 짜증스럽게 입술을 쥐어뜯을 때였다.

그가 전방을 응시한 채로 퉁명스레 입을 열었다.

"무슨 일이야?"

갑작스러운 중얼거림.

그런데 그 순간 신도율의 뒤편에서 하나의 그림자가 모습을 드러냈다.

그리고 그건 이윽고 어둠 속에서 걸어 나와 하나의 형상이 되었다.

유영인, 그녀가 모습을 드러낸 것이다.

그녀의 갑작스러운 등장에 신도율은 크게 동요치 않는 모습이었다.

애초에 누군가가 뒤편에 나타날 때부터 그게 유영인이라는 사실을 알아서이기도 했다.

그녀가 입을 열었다.

"대…… 아니, 교주님."

대장이라 부르려던 그녀가 이윽고 새로이 얻은 교주라는 호칭으로 신도율을 불렀다. 신도율이 고개를 끄덕이며 자신의 의자에 몸을 기대며 물었다.

"이 밤에 무슨 일이지? 뭐 알아 온 거라도 있는 건가?"

"아뇨, 여쭈고 싶은 게 있어서 찾아왔어요."

"뭔데?"

신도율이 귀찮다는 듯 짧게 물었다.

그런 그의 모습을 보면서도 유영인은 해야 할 말이라 생각했는지 입을 열었다.

"저와의 약속 언제쯤 지키실 생각이신가요?"

"약속?"

"네, 저와 한 약속이요."

"야밤에 찾아와서 뜬금없이 무슨 소리야?"

"제가 왜 교주님을 따르게 되었는지를 잊으신 건 아니시겠지요?"

힘없는 아이들이 행복하게 살아갈 수 있는 세상.

그러한 세상을 만들고자 신도율에게 힘을 실어 준 그녀다.

신도율이 말했던 절대적인 하나의 존재가 세상 모든 걸 통제할 수 있는 그런 세상을 만들기 위해서 말이다.

그리고 유영인이 보기에 신도율은 점점 그러한 자리에 가까워져 가고 있었다.

허나 그럼에도 불구하고 세상은 변한 게 없었다.

아니…… 솔직히 말해 더 나빠진 건 아닌가 하는 생각마저 든다.

중원 곳곳에서 벌어진 전쟁과 학살. 그 피해자 중에는 분명 무인도 있었지만 그보다 훨씬 많은 약자들이 있었다.

이 모든 걸 막아야 할 신도율, 그렇지만 오히려 그는 이런 상황을 이용하는 것으로 보였다.

진지한 표정으로 자신을 바라보는 유영인의 눈빛을 응시하던 신도율이 이내 천천히 대답했다.

"잊을 리가 있나. 똑똑히 기억하고 있다."

"……그런가요? 그럼 다행이고요. 최근 들어 저와 하신 약속은 아예 잊으신 것 같아 한번 여쭈어 봤습니다."

"기억하고 있어. 내가 조금 더 힘을 가지게 되는 그때 그리 만들어 줄 테니 기다려."

나중으로 미루는 신도율의 모습에 유영인이 따지듯 물었다.

"그런 세상을 만들 힘을 조금이나마 얻지 않으셨나요? 지금부터라도 중원 곳곳에서 약탈을 일삼는 무리들을……."

그 순간 유영인을 향해 신도율의 싸늘한 목소리가 흘러들었다.

"작작 좀 하지? 지금 나보고 병력을 움직여 그들부터 정리하라는 거야? 일의 우선순위를 모르겠어? 아직 혁련휘가 이토록 건재한데 괜한 일에 병력을 움직인다는 게 말이나 돼?"

"……."

말을 내뱉는 신도율을 유영인은 말없이 바라봤다.

그가 무슨 말을 하고자 하는지 안다. 그녀 또한 지금 같은 상황에서 많은 병력을 움직여 달라는 말을 하려던 것은 아니었다.

다만 아주 조금이라도 좋았다.

아이들을 지키기 위한 별동대 수준의 무인들이라도 파견하기를 바랐다. 그러한 것들이 새로운 땅에 만들어질 자신들의 세상의 근간을 이룰 단단한 초석이 될 거라 여겼으니까.

그런데 모르겠다.

'당신 대체…… 뭘 보고 있는 건가요?'

신도율이 바라는 세상, 그것이 자신이 꿈꾸던 것과 조금은 닮았을 거라 여겼거늘 지금까지는 전혀 다르다.

말없이 서 있는 유영인을 향해 신도율의 짜증이 이어졌다.

"그딴 걸 따지기보다 먼저 해야 할 일이 있지 않아? 분명 내가 너한테 이번 암살 사건의 배후를 찾으라고 명령했을 텐데."

"……찾고 있어요."

"실망시키지 마."

말을 마친 신도율은 더는 할 말이 없다는 듯 몸을 돌려 버렸다.

그런 그를 물끄러미 바라보던 유영인은 나타났던 때와 마찬가지로 점점 어둠 속으로 동화되어 가더니 이내 방에서 완전히 자취를 감추었다.

그렇게 유영인이 사라진 이후 신도율은 짧게 혀를 찼다.

"쯧."

최근 들어 불만 가득한 표정을 지어 대는 유영인의 상태를 모를 리가 없다.

그런 그녀를 떠올리자 신도율은 괜스레 더욱 짜증이 치밀었다.

가뜩이나 최근 벌어지는 많은 일들이 머리를 복잡하게 하고 있거늘 고작 그깟 아이들을 구하는 게 뭐 그리도 중요한 일이라고 이리 늦은 시간에 찾아와 떠들어 대는지 도통 이해할 수가 없었다.

예전에야 힘을 빌려야 했기에 어느 정도 같은 생각이라는 걸 드러내곤 했지만 이젠 아니다.

목표했던 마교가 손아귀에 들어온 순간부터 자하도에서 데리고 나왔던 수하들은 있으면 좋긴 하지만 반드시 필요한 존재는 아니게 되어 버렸다.

그랬기에 충성을 다했음에도 불구하고 자신의 수치스러

운 모습을 보았던 소일홍을 비밀리에 죽이지 않았던가.

탁탁.

손가락으로 탁자를 두드리던 그가 짜증 섞인 얼굴로 나지막이 중얼거렸다.

"……짜증 나는데 저년도 확 죽여 버릴까?"

*　　*　　*

쎄에에엥!

차가운 바람이 얼굴을 스치고 지나간다.

그 바람이 얼마나 차가운지 실로 칼바람이라는 말이 저절로 연상될 정도였다.

차가운 바람이 닿는 부위는 마치 칼로 베이는 것처럼 따가운 느낌이 밀려들었다.

일 년 내내 눈이 뒤덮여 있다는 천산.

그리고 그 천산에 위치해 있는 북해빙궁을 향해 일련의 무리가 걷고 있었다.

털옷으로 온통 무장을 하고 있음에도 불구하고 추위를 막는 건 불가능해 보였다.

선두에서 걷고 있는 건 바로 부의민과, 마혈적가의 가주 적인호였다. 그리고 그런 둘의 뒤편으로 짐을 짊어진 채로 뒤따르는 스무 명에 달하는 마교의 무인들이 자리했다.

또한 그 무인들 사이에는 북해빙궁까지의 길을 안내하기 위해 고용한 길잡이 사내도 한 명 섞여 있었다.

휘몰아치는 눈보라 속에서 부의민은 얼굴에 달라붙는 눈을 손바닥으로 쓸어내렸다.

그가 기가 차다는 듯이 소리쳤다.

"와, 이거야 뭐 이렇게 눈이…… 에잇! 퉤퉤."

말을 하려고 입을 열었다가 쏟아져 들어오는 눈을 먹어버린 부의민이 침을 뱉었다.

부의민의 옆에 함께 걷고 있던 적인호는 그런 그의 모습을 보며 피식 웃음을 흘렸다.

마교에서부터 알고 지내긴 했지만 그때는 딱히 이야기를 나눌 사이가 아니었다. 당시 부의민은 그저 대공자 시절의 혁련휘를 따르는 한 명의 수하에 불과했으니까.

그렇지만 이제는 군룡회라는 마교의 남은 모든 병력들을 이끄는 인물이 되어 있는 그다.

부의민과 함께 북해빙궁을 향해 움직인 지 꽤나 긴 시간이 흐르면서 둘 사이는 제법 가까워져 있었다.

그리고 부의민 특유의 입담이 적인호는 마음에 들었다.

눈을 뱉어 대는 부의민의 모습에 적인호가 고개를 숙인 채로 입을 열었다.

"그러게 이런 눈보라 속에서 그리 말을 하시다가 눈까지 먹고 그러시오."

"어휴, 대체 왜 집을 지어도 이런 데다가 짓는답니까? 좀 아래에다 지으면 자기들도 편하고 우리 같은 이들도 좋고 얼마나 좋습니까?"

"나중에 빙궁 궁주를 만나면 한번 건의해 보시구려. 빙궁을 산 아래로 내리는 게 어떠냐고 말이오."

"그랬다가는 찾아온 목적도 말하기 전에 쫓겨날걸요."

투덜거리는 부의민을 보며 적인호가 못 말리겠다는 듯 고개를 절레절레 저었다. 그렇게 한참을 더 걷던 도중 일행들은 잠시나마 눈을 피할 수 있을 만한 바위 아래에 자리할 수 있었다.

그곳에 자리를 편 부의민이 중년의 길잡이 사내에게 물었다.

"거의 다 왔다면서요?"

"예, 거의 다 왔으니 조금만 더 가시면……."

"그 말만 한 백 번은 들은 것 같은데요."

"이번엔 진짭니다. 원래라면 훨씬 전에 도착해야 했는데 오늘 유독 눈발이 심하게 날린 탓에 늦어진 것이지요."

이토록 눈이 심하게 내리는 날에는 이곳 지리에 익숙한 길잡이인 그도 무척이나 힘겨웠다. 그만큼 천산의 산세는

가팔랐고, 쉼 없이 쏟아져 내리는 눈들은 가뜩이나 힘겨운 이들의 발목을 잡았다.

일각가량 숨을 돌리고 그나마 눈발이 약해진 걸 확인한 부의민이 짧게 명령을 내렸다.

"움직이자."

말을 마친 부의민은 다시금 모자를 눌러써 쏟아지는 눈을 막으며 걷기 시작했다.

그들이 걷는 길을 따라 새하얀 눈 위에 수십 명의 발자국이 새겨졌다.

그렇게 움직이는 일행들의 숨소리가 점점 거칠어져 갈 무렵.

힘겹게 눈발 건너의 뭔가를 찾던 길잡이 사내가 손을 번쩍 치켜들었다.

"저, 저깁니다!"

길잡이 사내의 외침에 마교의 무인들의 얼굴에 화색이 감돌았다.

마침내 머나먼 여정의 목적지인 북해빙궁을 목전에 둔 상황이었으니까.

부의민이 신이 난 듯 소리쳤다.

"좋아, 다들 속력을 낸다!"

버럭 소리친 부의민은 무릎까지 푹푹 빠지는 눈을 밟으

며 빠르게 나아갔다.

그리고 그런 그의 뒤를 따라 적인호를 비롯한 마교의 무인들이 빠르게 뒤쫓았다.

슉슉.

눈을 헤집으며 나아가던 그들이 멈추어 선 곳.

그곳에는 커다란 담장이 웅장하게 솟아올라 있었다. 눈에 뒤덮인 탓에 얼음으로 되어 있는 성이 아닌가 하는 착각을 불러일으키는 곳.

휘몰아치는 눈보라 속에서 성의 정문이 서서히 모습을 드러냈다.

그리고 그곳 가장 높은 곳에 달린 현판에 적힌 글자가 눈에 틀어박혔다.

북해빙궁(北海氷宮)

외인의 침입을 허락하지 않는 험지에 위치한 곳, 중원 바깥의 세상인 새외를 대표하는 가장 큰 무력 단체.

현판을 확인한 적인호가 슬그머니 입을 열었다.

"마침내 도착했구려."

"……뭐 고생은 이제부터겠지만요."

이곳까지 오는 길도 문제였지만 더 큰 문제는 바로 지금부터였다. 지금 자신들은 초대받지 않은 손님이었으니까.

그리고 가뜩이나 외인을 꺼리는 그들을 설득하기 위해 부의민은 이곳까지 온 것이다.

그 순간 굳게 닫혀 있던 북해빙궁의 입구가 열렸다.

끼이익.

소리와 함께 열린 문 안쪽에서 백여 명에 달하는 무인들이 뛰쳐나오더니 마교의 무인들을 포위했다.

순식간에 북해빙궁의 무인들에게 포위당한 상황에서 적인호가 나지막이 말했다.

"회주의 말대로 시작부터 범상치 않을 것 같다는 생각이 드는구려."

"정 그러면 지금이라도 도망칠까요?"

말을 내뱉은 부의민이 히죽 웃어 보였다.

그런 그를 보며 적인호가 투덜거렸다.

"맘에 없는 소리를 하기 전에 우리 소개부터 하는 게 좋지 않겠소? 눈을 부라리고 있는 게 금방이라도 공격을 가할 모양새인데……."

적인호의 말대로 이들을 포위한 북해빙궁 무인들의 표정이 심상치 않았다.

부의민이 천천히 앞으로 걸어 나갔다.

그런 부의민의 움직임에 북해빙궁 무인들의 무기가 모두

그에게로 향할 때였다.

방금 전까지 농담을 주고받던 부의민의 얼굴에서 장난기가 모두 사라져 있었다.

순식간에 다른 사람으로 변해 버린 그가 버럭 소리쳤다.

"그대들의 궁주님에게 전하시오!"

말을 꺼낸 부의민이 봇짐 깊숙한 곳에 숨긴 서찰 한 장을 꺼내 내밀며 힘주어 말을 이었다.

"마교 군룡회 회주 부의민이 본 교 교주님의 명을 따라 북해빙궁 궁주님을 찾아뵈러 왔다고."

10장. 함정의 끝

— 제대로 당했네

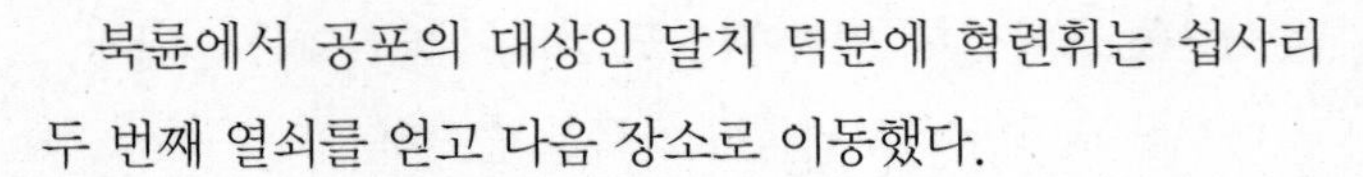

북륜에서 공포의 대상인 달치 덕분에 혁련휘는 쉽사리 두 번째 열쇠를 얻고 다음 장소로 이동했다.

다음 목적지였던 서륜에 막 들어선 그들의 발걸음을 잡은 것은 다름 아닌 거세게 쏟아져 내리는 소나기였다.

소나기를 피하기 위해 돌로 된 벽의 틈 사이에 몸을 감춘 일행들은 잠시나마 숨을 돌렸다.

벽에 기댄 채로 서 있던 환야가 나지막이 말했다.

"시원하게도 내리네."

연신 떨어져 내리는 빗방울들이 사방으로 터져 나가는 걸 물끄러미 바라보던 환야가 바깥으로 손을 뻗었다.

그렇게 떨어지는 빗방울을 손으로 받고 있는 환야를 바라보던 혁련휘가 입을 열었다.

"고향에 돌아온 기분이 그리 유쾌하진 않은가 보군."

"……아무래도요."

대화를 듣고 있던 비설이 둘 사이에 끼어들었다.

"아, 서륜이 환야 아저씨가 살았던 곳인가 봐요?"

"맞아, 여기가 내가 살던 곳이야."

말을 내뱉은 환야는 빗속으로 내뻗었던 손을 천천히 거두어들였다.

그러고는 빗물에 젖은 손을 탁탁 털며 주변을 슬쩍 둘러봤다.

서륜에 들어선 지 얼마 되지도 않았거늘 찾아든 소나기.

더불어 새카만 나뭇잎들이 가득한 숲까지.

환야에게는 이 모든 광경들이 무척이나 익숙했다.

왠지 모를 음습한 분위기가 잔뜩 풍기는 곳, 그곳이 서륜이다.

주변을 둘러보던 환야가 중얼거렸다.

"다시 오고 싶진 않았는데……."

"무슨 일 있으셨어요?"

"여기엔 날 죽이려고 하는 놈들이 꽤나 득실거려서 말이야."

자하도에서 살았던 당시 환야의 삶은 결코 순탄치 않았다. 그런 그에게 원한을 지닌 이들이 많은 건 당연지사.

이곳은 무리보다는 개인으로 움직이는 자들이 많고, 환야처럼 살수의 무공을 익힌 이들이 대다수다.

말이 끝나 갈 무렵 쏟아져 내리던 빗줄기가 서서히 약해지기 시작했다. 그러고는 얼마의 시간이 더 지나자 비는 거짓말처럼 멈췄고, 이내 햇빛이 다시금 모습을 드러냈다.

혁련휘가 짧게 말했다.

"움직이지."

말과 함께 네 사람은 축축해진 길 위를 은밀하게 움직였다.

그렇게 한참을 나아가던 도중 일행들은 일련의 무리를 발견할 수 있었다.

그렇지만 그 무리는 여덟 명의 어린아이들이었다.

아이들은 뭔가 커다란 바구니를 든 채로 움직이는 중이었다.

멀찍이 떨어진 곳에서 그 모습을 바라보며 비설이 중얼거렸다.

"아이들이네요. 뭔가 가지고 가는 거 같은데……."

"고아들을 부리는 놈이 뭔가를 시킨 모양이지."

"고아라고요? 어떻게 아세요?"

딱히 뭔가를 본 것도 아닌데도 고아라고 단정 짓는 환야의 말투에 비설이 궁금하다는 듯 물었다.

그러자 환야가 그런 그녀의 물음에 답했다.

"서륜은 자하도에서 고아들이 가장 많은 곳이야."

"왜요?"

"고아가 생기는 이유가 뭐겠냐. 부모가 버리거나, 그게 아니라면 죽어서겠지."

중앙 지역을 제외한 나머지 네 곳 중 이곳 서륜은 가장 많은 살인이 벌어지는 영토다.

자식들을 지켜야 할 부모가 죽으니 당연히 고아가 늘고, 그 아이들은 살기 위해 또 다른 누군가의 밑으로 들어간다.

그리고 대부분은 바로 부모를 죽인 원수의 아래로 들어가기 마련이다.

고아가 된 아이의 삶은 지옥과 다름없다.

툭하면 얻어맞기가 일쑤고, 하루에 한 끼만 먹어도 그 날은 무척이나 운이 좋은 날이다.

환야와 마찬가지로 이곳 서륜 출신인 유영인이 유독 아이들이 행복한 세상을 만드는 걸 꿈꿨던 이유도 바로 이러한 환경에서 살아왔기 때문이다.

그녀 또한 부모를 눈앞에서 잃었고, 그 이후에 여타의 어린아이들처럼 불우한 삶을 살아왔었으니까.

비설은 입을 닫고 슬그머니 환야의 얼굴을 바라봤다.

커다란 바구니 안에 든 뭔가를 나르는 아이들을 바라보는 환야의 얼굴엔 안타까움이 서렸다.

저 아이들의 삶이 어떤지 너무도 잘 아는 탓이다.

허나 그뿐이다.

그들의 삶을 바꾼다는 건 불가능하다. 약자는 강자를 따르는 것이 이곳 자하도의 법칙이고, 그걸 바꾼다는 건 여기에 사는 모두를 죽이기 전에는 불가능한 일일 테니까.

멀어져 가는 아이들을 말없이 바라보던 환야를 향해 혁련휘가 말을 걸었다.

"가능하면 간단하게 끝내고 싶은데 생각해 둔 방법 있으면 말해. 아니면 정면 돌파라도 감행할 생각이니까."

환야가 이곳 서륜에 오래 있고 싶어 하지 않는 걸 알기에 혁련휘 또한 빠르게 이번 일을 매듭짓고 싶었다.

그런 혁련휘의 말에 환야가 답했다.

"도와줄 만한 사람을 하나 압니다. 우선 그 녀석을 찾아가 보죠."

"그렇게 하지."

"안내하겠습니다."

환야가 성큼 걸음을 옮겼고, 그런 그의 뒤를 따라 나머지 셋도 움직였다.

달치와 다르게 자신이 살았던 서륜의 길을 완벽하게 파악하고 있는 환야는 자신의 기억을 거슬러 목적지까지 망설임 없이 나아갔다.

빠르게 나아가던 중 환야가 갑자기 껑충 뛰어올랐다.

몸을 낮추며 착지한 그가 슬며시 옆을 바라봤다. 잘 보이지 않지만 얇은 실 하나가 나무와 나무 사이에 길게 이어져 있었다.

환야가 그곳을 가리키며 말했다.

"함정이 있습니다."

말을 하는 환야의 표정은 무덤덤했다.

그만큼 이곳 서륜에서 이런 함정은 너무나 자연스러운 것이었기 때문이다.

곳곳에 동물이나 사람을 노리는 함정들이 즐비했고, 잘못해서 그런 것에 걸리게 된다면 삽시간에 엄청난 암기들이 쏟아져 나온다.

이런 함정이 있는 이유는 다양했다.

동물을 사냥하기 위함이기도 했고 적에게서 자신을 지키기 위해서, 또는 스스로의 영역임을 알리고 누구도 쉽사리 접근하지 못하게 하는 의미를 지니기도 했다.

그 함정을 지나쳐 간 이후에도 곳곳에 자리하고 있는 암기들을 피해 가며 비설은 혀를 내둘렀다.

"어휴, 여기서는 맘 편히 다니기도 힘들겠네요."

혁련휘 일행이야 아무런 피해도 없이 피하고 있었지만, 만약 보통 무인들이 이 숲에 들어섰다면 아마도 살아서 돌아가지 못했으리라.

나무들 사이에 걸려 있는 얇은 실은 사람들의 피부를 찢기에 충분했고, 곳곳에서 도사리고 있는 날카로운 비수들은 언제든 발사될 준비를 끝낸 상황이다.

문제는 이런 함정들이 쉼 없이 있다는 거다.

하나하나가 치명적인 함정들.

그렇지만 환야를 비롯한 이들은 그런 함정들을 아무렇지 않게 피해 가고 있었다.

더군다나 선두에 있는 환야는 함정이 보이기도 전에 이미 그곳에 뭔가가 있는지를 알아차리기도 했다.

그 이유는 간단했다.

이곳에 있는 함정 중 일부는 환야가 예전에 만들어 둔 것이었으니까.

한참을 어딘가를 향해 나아가던 환야가 잠시 발을 멈췄다.

그의 시선이 향하고 있는 곳, 그곳에는 집 한 채가 자리하고 있었다.

담장으로 둘러싸여 있는 집을 바라보며 환야가 고개를

갸웃했다. 그런 그의 모습을 본 혁련휘가 옆으로 다가와 물었다.

"왜 그래?"

"거처가…… 많이 커졌군요."

환야의 눈에 들어오는 집은 무척이나 컸다.

그를 향해 혁련휘가 물었다.

"잘못 온 거 아냐?"

"아뇨, 확실합니다. 제가 머물렀던 곳이기도 하거든요."

혁련휘를 만나기 전까지 환야가 자하도에서 살았던 곳이 바로 여기이거늘 어찌 헛갈릴 수 있겠는가. 분명 이곳은 예전에 자신이 살아왔던 곳이다.

환야는 이곳에서 두 명의 동료와 함께 지냈었다.

물론 그 동료라는 건 지금 옆에 있는 혁련휘나 비설, 달치와 부의민과는 종류가 달랐다.

뜻이 같았기에 함께했을 뿐 지금처럼 마음을 주지는 않았다.

아니, 어쩌면 그때는 서로를 위한다는 말 자체를 몰랐던 것일 수도 있다.

자하도에서 살아가던 당시의 환야에겐 그런 마음 자체가 없었을 테니까.

커져 버린 집을 바라보던 환야는 곧 결정을 내렸다.

"제가 먼저 가서 확인해 보죠, 대장."

"그렇게 해."

이곳 자하도를 떠난 지도 긴 시간이 지났다.

그리도 오랜 시간이 흘렀으니 뭔가가 변했다고 해도 크게 이상할 건 없다.

지금 저곳에 자신이 찾아온 예전의 동료가 있다면 좋은 일이고, 만약에 그게 아니라면 빠르게 그 사실을 확인해야 한다.

이곳에서 오랜 시간 발을 붙잡혀 있을 상황이 아니었으니까 말이다.

다소 경사진 길을 내려서며 환야는 곧바로 문으로 다가갔다.

굳게 닫혀져 있는 문까지 순식간에 다가간 환야가 손을 들어 문고리를 움켜쥐었다.

그러고는 들리라는 듯 문고리로 강하게 문을 두드렸다.

쿵쿵.

몇 차례고 큰 소리를 냈지만 안에서는 아무런 소리도 들리지 않았다.

그러자 환야가 문고리에서 손을 놓고는 길게 숨을 들이마셨다. 그러고는 곧바로 목소리에 힘을 주어 소리쳤다.

"막위(莫威), 소운학(蘇雲鶴)!"

환야가 두 명의 이름을 버럭 내질렀을 때였다.

조용했던 안에서 갑자기 기척이 느껴졌다. 그러고는 이내 그 기척은 빠르게 문가로 향했다.

닫혀 있던 문이 벌컥 열렸다.

열린 문을 통해 얼굴을 드러낸 한 사내, 그는 대략 서른 중반 정도 되어 보이는 인상의 인물이었다. 키는 보통 정도였고, 얼굴 또한 평범했다.

그렇지만 그런 얼굴에 어울리지 않는 긴 검상 하나가 볼을 타고 턱까지 이어져 있었다.

제법 깊어 보이는 상처를 가지고 있는 그가 눈을 크게 치켜뜬 채로 환야를 바라보고 있었다. 그리고 상대를 본 환야가 피식 웃으며 말했다.

"여, 오랜만."

"……내 눈이 어떻게 된 건 아니겠지? 환야 맞아?"

"물론이지. 잘 지냈나 보다, 소운학. 얼굴이 좋아 보이네."

웃으며 말하는 환야와 마주하고 있는 사내는 소운학이었다.

유영인이 떠나고 이곳 자하도에서 살아남기 위해 함께 싸워 왔던 두 명 중 하나.

소운학은 믿기지 않는다는 듯 자신의 눈을 비볐다.

눈을 껌뻑이던 그가 이내 환야에게 손을 내밀어 그의 어깨를 어루만졌다. 손의 감촉을 느낀 소운학은 그제야 자신이 본 게 헛것이 아님을 확신했는지 놀란 듯이 말했다.

"진짜 살아 있었던 거야?"

"살아 있으니 앞에 나타났지. 그보다 손님을 언제까지 밖에 세워 둘 거냐?"

"아, 이런 내 정신 좀 봐. 어서 안으로 들어오라고."

서둘러 문을 열어젖히는 소운학을 향해 환야가 말했다.

"잠시만."

말을 마친 환야가 뒤편으로 몸을 돌리고 손짓했다. 그러자 나무들 사이에 숨어 있던 혁련휘와 비설, 달치가 걸어 나왔다.

갑작스러운 외인들의 등장에 소운학이 눈동자를 가늘게 치켜뜨며 중얼거렸다.

"저자들은……?"

"아아, 긴장하지 마."

환야는 자신의 뒤편에 와서 선 세 사람을 힐끔 쳐다보며 말을 이었다.

"내 동료들이거든."

예전 환야가 살았었다는 곳에 도착한 네 사람은 소운학

의 안내에 따라 방 안으로 들어섰다.

방 안은 단출했다.

커다란 탁자 하나를 둘러싼 채로 자리에 앉자 소운학은 아까부터 계속 궁금했던지 빠르게 물었다.

“대체 어디에 있었던 거야? 십 년 넘게 모습이 안 보여서 꼼짝없이 죽은 줄 알았다고.”

“설명하기는 좀 긴데…… 어쩌다 보니 그렇게 됐다.”

혁련휘를 만난 것에서부터 자하도를 나가 중원에서의 삶을 살아왔던 이야기를 하자니 너무나 막막했는지 환야는 대충 얼버무렸다.

환야가 자연스레 말을 돌렸다.

“그나저나 이 거처는 어떻게 된 거야? 내가 있을 때보다 곱절은 커진 것 같은데?”

“네가 사라진 게 언젠데. 확장한 지 벌써 한참은 됐어.”

“그래?”

대수롭지 않다는 듯 되물었던 환야가 곧 소운학이 아닌 다른 이의 안위를 물었다.

“막위는? 그 녀석은 안 보이는데.”

물어 오는 질문에 소운학은 갑자기 입을 닫았다. 그러고는 이내 다소 딱딱해진 얼굴로 말했다.

“……죽었어.”

"뭐? 그 녀석이 죽었다고?"

"응, 그것도 꽤 한참 된 일이야. 얼추 오 년 이상은 지났으니까."

"그랬군. 그 질긴 녀석이 죽었군그래."

오래전에 함께 싸워 왔던 막위라는 사내가 죽었다는 말에 환야 또한 잠시나마 씁쓸한 표정을 지어 보였다.

허나 그건 자하도에선 쉽사리 있는 일이다.

천수를 다 누리는 게 생각보다 쉽지 않은 곳이 이곳 자하도였으니까.

중얼거리는 환야를 바라보던 소운학이 이내 그의 옆에 있는 이들을 슬쩍 곁눈질했다. 그런 그의 시선을 알아차린 환야가 짧게 소개했다.

"여기 계신 분이 내가 모시는 분이야."

"네가?"

환야의 그 한마디에 소운학은 적잖이 놀란 모양새였다.

자신이 아는 환야는 누구도 길들일 수 없는 상처 입은 맹수 같은 사내였다. 거칠었고, 누구의 말도 듣지 않았다.

그랬던 환야가 모시는 사람이라니…….

혁련휘를 바라보는 소운학의 표정은 복잡했다.

그가 중얼거렸다.

"네가 누구 밑에 있다니 쉬이 믿어지지 않는데……."

"어쩌다 보니 그렇게 됐다."

웃으며 말하는 환야를 보며 소운학은 뭔가를 느꼈는지 고개를 끄덕이며 말했다.

"어쩐지 처음 봤을 때부터 예전에 비해 좀 부드러워졌다 느꼈는데 무슨 일이 있긴 했던 모양이군."

"내가? 난 별로 안 변한 것 같은데."

"그건 네 생각이고. 말투나 행동 이런 게 엄청 변했어. 예전과는 다르게 여유도 있고."

고독한 늑대 같았던 사내.

그랬던 그가 더는 고독해 보이지 않는다.

소운학의 말에 환야는 머리를 긁적이며 대꾸했다.

"그래? 난 잘 모르겠는데. 뭐 네 말대로 내가 변했다면……."

환야가 옆에 있는 혁련휘를 비롯한 다른 이들을 슬쩍 바라봤다.

만약에 자신이 변했다면 그 모든 건 저들 덕분이리라.

외롭고 혼자인 삶에 함께한다는 것이 무엇인지 알게 해 준 사람들.

그들의 슬픔에 함께 아파했고, 기쁨에 함께 웃으며 살게 된 그 삶들이 오랫동안 감춰져 있었던 진짜 자신을 깨어나게 한 것이리라.

환야가 웃는 얼굴로 혁련휘에게 물었다.

"대장, 제가 변했습니까?"

"응."

"정말요? 처음엔 어땠는데요?"

"몰라서 물어?"

혁련휘가 미간을 찌푸리며 되물었고, 환야는 잘 모르겠다는 듯 고개를 끄덕였다. 그러자 혁련휘가 곧 말을 이었다.

"싸가지 없었어."

"엑? 제가요?"

그럴 리 없다는 듯 손사래 치는 환야를 향해 옆에 있던 달치가 말을 거들었다.

"아니다. 달치는 환야 처음 봤을 때 맘에 안 들었다."

"나도 너 맘에 안 들었거든?"

지지 않고 받아친 환야는 잠시 달치와 아옹다옹했고, 그런 모습을 소운학은 놀란 얼굴로 응시하고 있었다.

그의 기억 속의 환야는 저런 유치한 말다툼을 하던 사내가 아니었으니까.

그 모습을 보고 있자니 자신의 생각보다 더욱 많이 변했다는 사실을 깨달을 수 있었다.

달치와 말씨름을 하던 환야는 이내 정신을 추스르고는

물었다.

"아 참, 내가 이럴 때가 아니지. 하나 물어볼 게 있어서 왔어."

"뭔데?"

그게 뭐냐고 물어보는 소운학을 향해 환야가 천천히 말을 이었다.

"지금 서륜의 수장이 누구야?"

환야의 질문에 소운학이 물었다.

"그건 왜?"

"우리 대장이 서륜의 수장을 만나야 할 일이 있어서."

말을 잇는 환야를 바라보던 소운학이 볼을 긁적이며 대답했다.

"서륜의 주인은 너도 잘 알고 있는 그놈이야."

"설마…… 아직도 탁천세(卓天世) 그자가 여기의 수장이야?"

"맞아."

"하, 그 자식 목숨 참 질기네."

탁천세라는 이름을 꺼냈던 환야가 기가 막힌다는 듯 중얼거렸다.

그자는 환야가 이곳 자하도에 있었을 때도 서륜의 수장이었다.

이야기를 주고받던 두 사람 사이에 혁련휘가 끼어들었다.

"아는 자인가?"

"예, 예전부터 이곳 서륜의 주인이었던 놈입니다. 그나저나 좀 골치 아프게 됐네요."

"왜?"

"……저랑 사이가 별로거든요."

"별로인 거야, 아니면 안 좋은 거야?"

"정확히 말하면 후자에 가깝겠죠. 제가 그자 배에 구멍을 만든 적이 있어서요."

환야가 말을 하며 어색한 표정을 지어 보였다.

자하도에서 살아가던 그때 환야는 거칠 것이 없었고, 당연히 서륜의 수장인 그와 싸웠던 적도 있다. 당시에 환야는 탁천세의 배에 자신의 비수를 쑤셔 박았었다.

물론 그 대가로 환야 또한 큰 부상을 입기는 했지만 이후로 탁천세와의 사이가 좋을 턱이 없었다.

호시탐탐 환야를 죽일 기회를 노렸을 정도로 탁천세는 그를 싫어했다.

그런 탁천세를 만나 열쇠를 받아야 한다니…… 이번 일이 결코 간단하게 풀릴 것 같지는 않았다.

환야가 혁련휘에게 송구스럽다는 듯 말했다.

"죄송합니다, 대장. 저 때문에 일이 좀 복잡해질 것 같습니다."

"괜찮아. 어차피 처음부터 순순히 줄 거라고 생각하지 않았잖아?"

북륜에서야 달치 덕분에 일이 간단하게 흘러가긴 했지만, 다른 곳도 그럴 리가 없었다.

자하도에서 살아가는 이들이라면 투쟁심이 넘치고, 자신의 것을 아무런 이유 없이 넘겨줄 거라 여기지 않았으니까.

혁련휘가 무덤덤하니 말을 이었다.

"스스로 주지 않는다면 빼앗으면 되니까."

처음 자하도에 들어올 때부터 이미 혈투는 예상했던 일이다.

오히려 앞선 두 곳이 생각보다 쉽게 열쇠를 얻은 상황, 남은 서륜과 남륜에서도 그 같은 요행이 계속될 거라 여기지 않았다.

혁련휘의 의사를 확인한 환야는 알겠다는 듯 고개를 끄덕이고는 시선을 소운학에게로 돌렸다.

"탁천세 어디 가면 만날 수 있지?"

"글쎄…… 너도 알잖아. 그 작자 자주 거처를 옮긴다는 걸."

살수들이 넘쳐흐르는 서륜에서는 탁천세의 자리를 노리

는 이들이 많았다.

그랬기에 그는 주기적으로 거처를 옮기며 자신의 위치를 최대한 감췄다.

과거의 행적을 기억해 낸 환야가 물었다.

"아아, 그랬지. 그래도 뭔가 찾을 방법 없는 거야?"

"측근 중에 한 명 아는 녀석이 있긴 한데…… 그 녀석이 탁천세의 위치까지 알고 있을지는 장담 못 해. 그래도 확인은 해 볼게."

당장엔 소운학에게 기대어 볼 수밖에 없는 상황, 그랬기에 다소 확실하지 않은 대답이긴 했지만…….

환야가 짧게 말했다.

"고맙다."

"……너한테 고맙다는 말 들어 보긴 처음인 거 같군그래."

더 큰 도움을 줬을 때도 당연하다는 듯 굴었던 환야다. 그랬던 그와의 재회, 정말로 환야는 많이도 변해 있었다.

소운학이 자리에서 일어난 채로 말을 이었다.

"그 녀석부터 찾아야 하니 시간이 좀 걸릴 거야. 어디 머물 데는 있어?"

"아니."

"그럼 이곳에서 지내면서 연락을 기다리는 게 좋겠군."

"그래 주면 나야 고맙지."

다시금 고맙다는 말을 입에 담는 환야를 바라보던 소운학이 짧게 말을 이었다.

"뒤뜰에 있는 원래 네가 지내던 곳에 새롭게 건물 한 채 올려 놨어. 거기 가서 편히 쉬고 있어. 난 곧바로 탁천세의 측근을 만나 볼 테니까."

"얼마나 걸릴 것 같아?"

"만나 봐야 알겠지. 그 측근도 만나기가 좀 번거롭거든. 오늘 중으로 끝나진 않을 것 같다."

"참고하지."

"밥은 주방에 있는 걸로 알아서 챙겨 먹고."

말을 마친 소운학은 환야와 함께 온 나머지 세 사람에게 가벼운 눈인사를 건네고는 곧바로 방을 빠져나갔다.

소운학이 사라지자 환야 또한 자리에서 일어났다.

그가 탁천세의 측근을 만나 정보를 얻어 오기 전까지는 시간적 여유가 있었다.

변한 자신의 거처가 궁금했는지 환야가 서둘러 일행들을 재촉했다.

"자자, 그럼 다들 쉬러 갑시다."

* * *

오래전 환야가 머물던 방이 있었던 뒤뜰에는 커다란 건물이 자리했다. 다른 건물들과는 다소 동떨어진 곳에 위치해 있긴 했지만 독립적인 거처라 그리 나쁘진 않았다.

일행들은 그곳에 자리를 잡기 무섭게 식사부터 챙겨 왔다.

주방에 있는 음식들을 거의 싹 긁어모아 온 이들은 금세 식사를 끝마치고는 휴식을 취하고 있었다.

애초에 소운학의 거처 자체가 손님이 찾는 곳이 아니었던 탓인지 방에는 침상 하나만이 자리하고 있었다.

비설은 곧바로 침상을 혁련휘에게 양보했다.

"형님이 쓰세요."

예전부터 이런 일이 있으면 항상 혁련휘에게 침상을 양보하고 바닥에서 잤던 비설이다.

그렇지만…….

아무렇지 않게 바닥에 자리를 잡으려는 그녀의 손목을 혁련휘가 감싸 쥐었다.

갑작스러운 그의 행동에 비설이 왜 그러냐는 듯 고개를 돌렸을 때다.

혁련휘가 그녀를 향해 말했다.

"침상은 네가 써."

"제가요? 원래 매번 형님이 쓰셨잖아요."

마지막으로 침상 하나만 있었던 곳을 사용했던 건 물론 꽤나 오래전의 일이다. 마교로 돌아오던 당시 잠시 들렀던 객잔에서.

당시에도 혁련휘가 침상, 비설은 바닥에 자리했었다.

왜 그러냐는 듯 물어 오는 비설을 향해 머뭇거리던 혁련휘가 말을 이었다.

"……그때와는 다르니까."

그 한마디에 비설은 잠시 멍하니 서서 혁련휘를 바라봤다.

수없이 많은 의미가 담긴 한마디, 그렇지만 확실한 건 이제 더는 혁련휘에게 비설은 그저 수하가 아니었다.

마음을 준 유일한 여인, 그랬기에 혁련휘는 예전과 다르게 서슴없이 침상을 그녀에게 양보한 것이다.

자그마한 배려임에도 불구하고 비설은 뭐가 그리도 좋은지 얼굴을 붉힌 채로 배시시 웃고만 있었다. 그런 둘을 힐끔거리며 보고 있던 환야가 장난스럽게 끼어들었다.

"너 안 쓸 거면 내가……."

말과 함께 환야가 짐을 휙 던졌다.

그렇지만 비설은 그런 환야의 움직임을 애초에 봉쇄해 버렸다.

그녀가 날아오는 짐을 손으로 잡아채고는 그대로 환야에게 휙 던져 버렸다.

그러고는 어림없다는 듯이 팔짱을 끼고는 말했다.

“형님이 저한테 양보해 주신 건데 어딜 넘봐요.”

“참내, 형님 없는 사람은 서러워서 살겠나.”

자주 하던 투덜거림과 함께 환야는 바닥에 자리를 잡았다.

자리에 누운 채로 천장을 올려다보는 환야의 기분은 뭔가 묘했다.

많이 변하긴 했지만 오래전에 자신이 살아왔던 곳에 다시금 몸을 눕힌 상황이었으니 말이다.

실로 많은 게 변했다.

자신이 살아왔던 이곳도, 그리고 자신도.

그렇지만 변했다는 사실이 환야는 싫지 않았다.

예전의 자신보다는 지금의 스스로가 훨씬 더 좋았으니까.

누구에게도 마음을 주지 못한 외로웠던 그때와 지금은 달랐다.

바닥에 누운 채로 시끌시끌하게 떠드는 비설과 달치에게로 시선을 돌린 환야의 입가에 저절로 미소가 걸렸다.

‘시끄러운 놈들.’

이처럼 왁자지껄한 삶은 예전엔 상상도 못 했던 것이었다.

그렇지만 그 상상도 못 했던 삶이 일상이 되어 버린 지금…….

환야가 괜스레 버럭 소리쳤다.

"잠 좀 자자!"

창을 통해 들어오는 은은한 달빛.

방 안은 조용했다. 시간이 워낙 늦기도 했고, 고된 여정으로 인해 피곤한 탓에 넷 모두가 숙면에 빠져 있었기 때문이다.

달치의 입맛 다시는 소리만이 방 안을 울리고 있는 적막한 밤이었다.

그런 고요함 속에서 들려오는 자그마한 소리.

스윽.

바람 소리에 묻혀 들리지도 않을 법한 작은 소리, 그렇지만 그 묘한 소리는 침상에 누운 채로 단잠에 빠져 있던 비설의 손가락을 꿈틀하게 했다.

순간 감겨져 있던 비설의 눈이 번뜩 떠졌다.

쉐에에엑! 파앙!

창문을 깨고 날아든 커다란 화살 하나가 비설의 가슴팍

으로 날아들었다.

동시에 그녀의 몸이 번개처럼 솟구치며 옆에 놓아두었던 자미쌍검이 뽑혀져 나왔다.

촤라라락!

날아들던 화살이 비설의 자미쌍검에 걸려 그대로 튕겨져 나갔고, 이미 그때에는 자리에 누워 있던 나머지 세 사람도 일어난 상황이었다.

그리고 막 일어난 혁련휘의 손에는 비설을 향해 날아들었던 또 하나의 화살이 쥐어져 있었다.

비설이 있는 침상을 노리고 날아든 몇 개의 화살들.

날아드는 화살을 느낀 비설이 잠에서 깬 것과 거의 동시에 나머지 세 사람들도 그 미묘한 움직임을 알아차렸던 것이다.

그랬기에 혁련휘는 날아드는 하나의 화살을 손으로 잡아챘고, 환야는 비수를 던져 화살을 떨어트렸다.

그리고 달치는 주먹으로 화살을 부숴 버린 상황.

창문을 통해 날아든 화살을 네 사람 모두 제각각의 방법으로 막아 낸 것이다.

갑작스러운 기습에 당황할 법도 하련만 뛰어난 실력을 지닌 넷은 동요하지 않았다.

환야가 자리에서 일어나며 입을 열었다.

"뭐야 이건?"

떨어져 있는 화살을 바라본 환야가 슬쩍 표정을 구겼다.

화살촉 끝에 묻혀 있는 액체를 확인한 것이다. 굳이 확인하지 않아도 독이라는 사실을 알 수 있었다.

그때 멀리에서 다시금 자그마한 소리가 들려왔다.

이번엔 그 숫자가 적지 않음을 깨달은 혁련휘가 빠르게 말했다.

"달치, 방패."

"알겠다, 주인."

그 말을 끝으로 달치는 양 주먹을 불끈 쥐어 들어 올렸다.

그러고는 뭐라고 할 틈도 없이 그대로 땅으로 정확하게 주먹을 틀어박았다.

쿠웅!

두 개의 주먹이 땅에 박히며 바닥이 밀려 나가듯 솟구쳐 올랐다.

바닥을 이루고 있던 돌들이 일행의 주변을 감싸며 올라왔고, 그 돌은 그들에게 방패가 되어 주었다. 날아드는 화살은 두꺼운 돌을 뚫지 못하고 그대로 튕겨져 나갔다.

날아드는 화살을 다시금 막아 낸 상황에서 환야가 빠르게 말했다.

"대략 십여 장 정도 떨어진 곳에 적들이 위치하고 있는 것 같습니다. 날아드는 화살의 숫자와 움직이는 기척으로 유추하건대 적의 숫자는 얼추 이백여 명 정도 되어 보입니다."

환야의 말에 혁련휘가 고개를 끄덕이고는 말했다.

"안에선 불리해. 나가지."

적들의 숫자가 어찌 됐든 간에 계속해서 공격을 받고 있을 순 없다 여겼는지 혁련휘가 명령을 내렸다. 그리고 명령이 떨어지기 무섭게 달치가 땅속까지 깊게 박아 두었던 손을 뽑아내며 바로 옆에 있는 커다란 돌을 집어 들었다.

그가 곧장 지붕을 향해 돌을 집어 던졌다.

콰앙!

돌이 천장을 뚫고 나가는 그 순간 그 뒤를 따라 일행들 또한 솟구쳐 올랐다.

기다렸다는 듯이 사방에서 날아드는 각종 비수와 화살들.

먼저 날아오른 커다란 돌은 그런 공격을 받아 주는 일 차 저지선이 되어 주었다.

그리고 그 돌을 피해 날아드는 공격들은 혁련휘와 비설, 환야의 손에 들린 무기들에 의해 그대로 바닥으로 떨어져 내렸다.

천장을 뚫고 마침내 바깥에 착지한 일행들은 천천히 주변을 둘러봤다.

쉽사리 보이지 않는 곳에 모습을 감추고 있는 이들.

하지만 이들의 의도는 명백했다.

자신들을 노리고 있다.

그리고 서륜에 들어선 지 얼마 되지도 않아 이 같은 이들이 자신들을 노린다는 말은 곧…… 자신들이 이곳에 왔다는 정보가 새어 나갔다는 소리였다.

그 말이 의미하는 하나의 상황.

혁련휘가 천천히 입을 열었다.

"제대로 당했군."

"죄송합니다, 대장. 그 녀석이…… 배신을 한 모양입니다."

소운학, 그가 아니라면 자신이 이곳에 왔다는 사실이 벌써 저들에게 들어갔을 리가 없다.

그때였다.

어둠 속에서 누군가가 천천히 모습을 드러냈다.

육십 줄에 들어선 탓에 머리는 희끗희끗해졌고, 얼굴 또한 많이 변해 있었지만 환야는 그가 누군지 단번에 알 수 있었다.

서륜의 주인, 탁천세다.

탁천세가 잔인한 미소를 머금었다.

그리고 그 순간 탁천세의 뒤편에서 모습을 드러낸 한 명의 사내.

뒤이어 나타난 그를 보며 환야가 다시금 입을 열었다.

"소운학……."

탁천세의 뒤편에 서 있는 소운학은 웃고 있었다.

〈다음 권에 계속〉

DREAMBOOKS★

DREAMBOOKS★

DREAMBOOKS★

DREAMBOOKS★